主编　凌翔

当代著名作家美文自选集

留一段白给天空记忆

李萍　著

中国妇女出版社

图书在版编目（CIP）数据

留一段白给天空记忆 / 李萍著. -- 北京：中国妇女出版社，2019.10
（当代著名作家美文自选集 / 凌翔主编）
ISBN 978-7-5127-1772-5

Ⅰ.①留… Ⅱ.①李… Ⅲ.①散文集－中国－当代 Ⅳ.①I267

中国版本图书馆CIP数据核字(2019)第172059号

留一段白给天空记忆

作　　者：李　萍　著
责任编辑：宋　罡
封面设计：陈　姝
责任印制：王卫东
出版发行：中国妇女出版社
地　　址：北京市东城区史家胡同甲24号　　邮政编码：100010
电　　话：（010）65133160（发行部）　　65133161（邮购）
网　　址：www.womenbooks.cn
法律顾问：北京市道可特律师事务所
经　　销：各地新华书店
印　　刷：唐山楠萍印务有限公司
开　　本：165×230　1/16
印　　张：13
字　　数：180千字
版　　次：2019年10月第1版
印　　次：2019年10月第1次
书　　号：ISBN 978-7-5127-1772-5
定　　价：49.80元

目 录

第一辑 草上乡愁

第二辑 屋檐下的游走

第三辑　占卜高原上的相遇

第四辑　虚拟或真实

第五辑　风从阳光中醒来

第一辑　草上乡愁

草上乡愁

冬日休息，午后的阳光下，冲了一杯速溶咖啡，翻读黎族作家李天斌兄寄来的散文集《看得见的河流》，一种别样的情愫在我心底翻腾。他把乡愁镌刻在他穿行过的古镇、恋恋不舍的乡村、他喜欢的院子，字里行间隐藏的沉寂，让我的心也跟着沉寂。

阳光洒在客厅，我在翻书，手机重复播放着《风居住的街道》。阳光、文字、音乐慵懒了我的一个午后。我像一只猫，蜷缩在美好中。

感觉有些困了，我会起身张望。窗外，黄河缓缓流淌，阳光漫过来，季节的目光轻抚记忆，往事在那缕缕的尘烟里缥缈。

心也在远眺。敞亮的心，凝固的诗情，随着黄河水缓缓又缓缓。风吹过原野，掠过林梢，弹过河面，一只鸥鸟在展翅，一切很沉静。那些记忆中时而清晰、时而模糊的情愫，在车水马龙的小城里似乎很遥远。

此时，灵魂也变得安静，变得淡然。

“妈妈，今年过年的坚果我网购。”我的王子打断我的张望，揽着我的肩头，说得腻歪。

过年的坚果？又要过年了？我忽然变得郁郁寡欢。

一眨眼，一年就到头了，我已步入中年几年了，虽不是油腻之人，却爱回忆。之前听过爱回忆意味着老了，我不相信那些说法，我就是喜欢回忆。麦场上的奔跑、牛背上的欢笑、山野间的上蹿下跳、双指作剪切割檐下的雨帘，还有张大嘴巴哈气，使得缤纷的窗花消失殆尽而只留雾气蒙着的一切，那些镀了金的童年，那些青葱时光，都那般令我怀念。

怀念像一颗颗晶莹的露珠，闪现在记忆的草尖上，欲罢不能的愁怨，弥漫念念不忘的时光。

仿佛在穿越，仿佛在悲伤，怀念里往昔的爱恋，安放在冬日我的王子给我的怀念中。

父亲在世时，尤喜清唱《正月里来是新春》。过年时几乎天天都哼唱，素日里三盏两杯小酒之后，父亲就抑扬顿挫满含深情地开唱："正月里来是新春呀，青草芽儿往上升哟唉嗨哟，天凭上日月你就人凭上心唉，凭上心唉哪哈依呀嘿……"

父亲似醉非醉，边唱边打着手势，很是陶醉。

酒意与歌曲漾开的春意，很上心，上心得几乎连我的头发丝都会唱一般。父亲唱着唱着，一晃就回到了生养他的山村，长眠在有青草和炊烟陪伴的地方，岁岁年年看着青草芽冒在他的坟头和村庄的田野。

记得我读小学三年级时，冬天听到父亲喝酒唱青草芽后，我会细看院子角落几株散落的枯草是否发芽。那会儿愚笨，会疑惑地拨开枯草，看到草根似有绿意却不见青草芽，便跑去问父亲："快到正月了，怎么不见青草芽？"

父亲笑而不答，醉眼蒙眬，微微一笑，指指他的心窝，一盅酒入口。

青草芽在心里？我很纳闷。父亲便说，正月一过，青草芽自然冒出来了。

冒出来？青草芽是冒出来的吗？我心存疑惑，但没有问父亲，把那点疑惑一直压在心底，直到父亲带我们去老家的次数越来越多，直到在老家院外的向阳处看到淡淡的绿，直到阶前的那几株草儿泛绿，直到每日的守望圆满，直到自己也默念“正月里来是新春呀，青草芽儿往上升”后才释然。

父亲十八岁离家，成家立业在小城，老家没有他的一棵树，他是净身离家离开村庄的，但是父亲爱着生养他的那个院落。不知不觉间，我们也爱着有父亲影子的那个山村，即使父亲离世二十个年头也依然爱着。

爱是有天意的，否则为什么我现在一想到青草芽，一唱“正月里来是新春呀，青草芽儿往上升哟唉嗨哟”，就会想到父亲，就会泪流满面，就会怀念？

那些永远怀念不够的记忆里，大年初一总会下雪，初五六了天才会放晴。男人们喜欢在炕上喝酒，女人们在灶房一边忙活，一边嗔怒自己的男人只顾喝酒忘了端菜，比平常的忙碌多了一份柔媚，腰身也突然变得好看了似的。孩子们兜里揣着拆散的鞭炮，在院子里或是大门外，胆大的左手拇指与食指捏鞭炮，右手持燃香，点燃后向空中一扔，捂着双耳等着清脆的炸响。那时而三两下，时而半天才听见一声的“砰”或“啪”，或是纯粹的“噼里啪啦”，都让乡村的年味浓郁。不想放了或是鞭炮放完了，从裤兜或是衣兜里掏出一些葵花籽，嗑上几粒，再吃上一颗花生糖，串联上几个伙伴在村里跑东跑西，相互攀比过年的新衣裳，也会掏出压岁钱数一数比比谁的多。

那时，孩子们也似乎比较忙，看大人们划拳喝酒及酒后唱小曲，吃这个吃那个，吃不完的好吃的，眼睛和嘴巴都没有闲着。

回忆在延展，回忆在青草芽的嫩绿中绵长。

清楚地记得在姥姥家的那几年，腊月初六或初七开始，村里的媳妇们在碓窝里舂小麦准备过腊八节，或是砸花椒、草果和生姜调料时，总会低声哼唱《正月里来是新春》。“正月里来是新春呀”总是唱得清楚，到第二句就开始哼了，不明白她们不知道唱词，还是怕被老人们听到后说没规矩。总之，我站在那棵老核桃树下，一天能听上好几回，所以我不用学就会唱。还有那些去集市置办年货喝点酒慰劳自己的男人，他们提着办的年货摇摇晃晃地回村时，也含糊不清地唱着“正月里来是新春”，我能听清那调子，心里也跟着哼唱。姥姥使唤我去邻家借、还东西，我就会毫无顾忌地哼着“正月里来是新春”跑出家门，虽然我不知到底入了正月是不是新春，新春又有什么，但喜欢那腔调和歌词里冒出的青草芽。

正月里的青草芽，在我有记忆开始，一直潜行在我的生活中。时隔多年，对正月和青草芽说不出的情感依旧。即使流泪的回忆，也那般让我怀念。

父亲在世时极为喜欢热闹，每年的大年初一都带我们去老家拜年。晚上，父亲和叔叔们喝酒划拳，高兴至极会吆喝起一支小小秧歌队在村子里穿来穿去，扭开新年的欢欣。村子很小，十来户，清一色的李姓人，所以村里喜欢热闹的一些中年人也加入秧歌队，与父亲他们一起跳着唱着闹着。

妖婆和腊花姐是大西北秧歌里男扮女装的角色，不管是妖婆还是腊花姐，父亲都扮得很像。扮妖婆用口红抹腮，锅墨点痣，头缠花头巾，腰箍红围巾，手拿小手绢，身披门帘，手里举着笤帚疙瘩当作孩子。扮腊花姐时则用纱巾作裙，举手投足羞羞答答，说话或唱几句都低眉顺目，微微颔首得恰到好处，活脱脱一个女子。父亲本来清瘦，虽在军营里操练过，但他的腰肢柔软，扭来扭去的幅度把握得当，加之细声细气地唱起“杨柳嘛叶子青呀啊”，惹得大家笑得拍手叫好。

三叔自然扮中郎，他手执一根枝条作灯笼，与父亲走在一起，成秧歌队里郎才女貌的一对玉人，故意对视得含情脉脉，让人看着忍俊不禁。

四叔反穿短褂，头缠红巾，手持鸡毛掸子，又扮演起一个角色。父亲扮腊花姐时，他扮妖婆。他把枕巾折小用红巾一扎，当作布娃娃举在手里，踮着脚在秧歌队里扭几下或是跑来窜去，夸他的“孩子”聪明可爱。

五叔的姿势和仪态，也极具特色。他手里什么也没拿，但感觉左手就是举着太傅伞，右手持铜铃，迈开左腿，躬身，伸长左臂转个小圈后，右臂上扬晃几下，动作娴熟又有力度。

还有小叔，双臂擎着沙发苫巾扮狮子。男孩子们也很兴奋，把掸土的牛尾刷子当作逗引狮子的绣球，在小叔眼前晃来晃去。小叔极力配合，弯腰躬身，很入戏。

才二爷扮艄公，全和爷装船姑娘，他们一前一后，作水上人，时而摇橹，时而似遇到风浪摇摇晃晃。

一支李氏家族的小小秧歌队备受村人的喜爱，由此东家进西家出，耍玩闹腾到凌晨，累了乏了，才回家歇息。那些“装备”回家时都丢落得所剩无几。次日，村里人会送到家里，夸赞一番秧歌队后又上炕，开始划拳喝酒！

老家的习俗一直没有改变，初一在家守着喝酒聊天，初二才开始拜年走亲访友。

我喜欢老家过年时闲散又忙碌的感觉，视线里那些看去空荡荡又瓷实的景致令我心悸动。

山是光秃秃的，大地除了几坨驴粪外也是光秃秃的。阳光刺眼时，手搭“凉棚”张望，天空蓝的浅淡，既远又近，浮游的些许云朵，轻飘飘的，一点儿也不张扬。

树杈间的那些喜鹊窝，像一个故事的起承转合，讲述村庄的生活和生命的本真。

一些喜鹊与乌鸦，一起在清冷的风里赞美着温暖的阳光；地里敞亮无比，野鸡拖着漂亮的长尾，和一些异性夸夸其谈之后追逐嬉戏；天空伸手可及，又遥不可及，一轮红彤彤又缺乏热度的太阳变着戏法，一会儿在林梢，一会儿在山巅。夜里倒是安静，除了不安分的羊儿咩咩叫上几声，间或还能听到毛驴嗯啊嗯啊地叫屈，当然还有汪汪的犬吠。偶尔，还能听到一句或是两句跑了调的流行歌曲，那是酒醉回家的人。

特别佩服写出“正月里来是新春，青草芽儿往上升……”这句词的人，他们的情感多么富有诗意，他们对青草芽寄予的情感多么鲜嫩、多么美好！

初十之后，拜年告一段落，打篮球或是荡秋千成了过年的享乐方式，尤其是在拴着秋千的核桃树下，总有男女老少笑着、看着、讨论着、骂着、嫌弃着荡秋千的人。在姥姥家的那几年，我喜欢荡秋千，可害怕荡得跟房檐一样高，所以总不愿与荡得好的表嫂们玩。可是经不住她们的哄骗，我会乖乖地坐在秋千板上，抓紧绳子，任她们一人或是两人站在我的前后，把我荡高。她们很会荡秋千，荡到前方时我身后的人蹲身使劲儿，前方的人站着向外扯一下绳子增加风力，秋千荡回时我前边的人则蹲身使劲儿，身后的人站着，一个蹬一个歇，一来一回，相互配合得好，秋千会越荡越高，反之荡不高，也荡得没趣。

每次荡高时，我因害怕而喊叫得似鬼哭狼嚎，让她们停下，她们不仅没有，反而蹬得更有劲儿、更卖力，惹得那些看客们捧腹大笑。

每次，姥姥听到我的号叫，踮着小脚跑出家门，或是拉长音调喊我。一听见姥姥的声音或者一见姥姥，我的号叫变本加厉，扯大嗓门使劲地喊，踩秋千的大嫂或是婶婶们才会放慢速度，一边骂我胆小，一边还蹲身踩板或是荡回时扯一下绳子，希望荡得更高，不愿扫了兴致。

每次，我哭喊着下了秋千板，站在一旁缓过劲儿了，又眼馋她们的荡悠，在喝彩声和掌声里，我又顾不得被笑话或怒骂，央求着与她们再荡。于是，游戏重演，我又喊又号，反反复复。

荡秋千的总是同性，没有一男一女一起荡的，即便是两口子，也没有。媳妇们荡几回后，年轻后生们也会硬抢或是软硬兼施地要过来荡几下，他们要么是在掌声里徐徐回落，要么是荡得不高而被嘲笑声“拽下”，要么就是过于使劲儿裤腰带断了掉地而羞得扔了秋千仓皇逃走，留下一阵哄堂大笑及喝倒彩的“哎哟”。

笑够了、闹够了、荡累了，秋千也累了，被表哥甩上墙头（老人们说秋千不能空荡，怕被鬼荡了倒霉，故而不荡了要挂起来或是甩到墙上），一天的秋千也就荡结束了。

大家都散去了，核桃树下也安静了。

正月里的喜庆气息就像一簇簇欢快跳跃的火苗，把每个日子都烘烤得暖融融的。那些办喜酒的人家之所以选择在正月办喜事，不为别的，就因为正月是新一年的开端，讨个吉利、喜庆，加之办的年货有余。你瞧，吃罢早饭，乡亲们就去办喜事的人家帮忙了。院子里的大锅热气腾腾，屋里屋外笑声阵阵。女人们边做活边拉家常，因为扯出了大家捧腹的事来，笑得前俯后仰，笑岔了气儿。

大喜的日子里，开席了，人人喜上眉梢，满屋满院飘香……

有些人家，老早备好了盖新房子的材料，也老早挑好了日子，不是初六就是十二。在拆旧房之前，就宴请村人提前言说感谢。动土的日子，那些先前宴请过的人，都毫不保留力气，帮这帮那。东家也不吝啬，伙食办得丰盛。

正月二十之后，一些勤快的人家开始收拾农具，要为新一年里有个好收成而准备下地。不把自己搞得紧张也不累着自己，能做多少就做多少，他们明白正月里干活要悠着点的。

立春总在正月。立春之后，似乎能听到大地复苏的声音在脚底慢慢响开，也看到地埂里的一些积雪居然在不觉间化开洇湿了附近的土地，还有青草芽舒展身姿的轻柔……

此刻，我些许看见突突冒着的青草芽，那么鲜嫩，脆生生的……

不老的村庄

炊烟总是袅袅地、沉默地数着不老的时光，在不老的村庄描摹、记忆、怀念。

村庄也会沉默，用沉默接纳游子迟迟归的思念。那些远去的日子，长眠在村外的村人，他们在土地上躬身的背影，像一枚标签，稳稳贴在村庄的额际。

我对村庄的感情是复杂的，对农民的感情也很复杂，复杂得有时候言不由衷。我在街头目睹过他们的迷茫，我也留意过他们过马路时的局促不安，我还见到过有些老人饱经沧桑的目光在楼群间的惊讶，很多很多个关于他们的场景，使我心隐隐作痛。

因此，我会怀疑我的那些心痛是否叫恻隐之心，是否显得荒唐又滑稽。然而，很多的日子里，我在做梦，梦里除了村庄还是村庄。梦着梦着，在清明之际谷雨之前，我跌入村庄的怀抱。

走近村庄，我的脚步轻快，尘土也乱不了我的步调。

走近村庄，我像撒欢儿的羊群，欢喜又自在。

我会在村头远眺、仰望、俯瞰。返青的冬麦，嫩绿的草芽，盛开的紫花，安静的树木，以及晴空下的喜鹊窝，看起来那么温暖，它们似在微笑，等我的归去。

记得曾经，我的小小少年随我去老家，一入村，下车双脚一着地，一溜烟不见了。三叔、四叔、堂哥家寻他不见也无妨，他不会走丢更不会饿着。他在村里村外像风中的蒲公英，撒欢儿的模样开心又欢快。他知道有些农具的用途，他叫得出他的同学们没见过的器具，他会拾麦穗，会使用点种机种玉米，他看到了农民的辛苦，他把自己弄得灰头土脸、满身是土还乐不可支，不想离开，想再玩几天。

小小少年转眼成一米八二的高个儿少年，他不愿意跟我去村庄，他喜欢在家看电视，喜欢看手机。我知道，他没有出生在乡村，没有在乡村生活过，没有理由喜欢。

我很安静，也很专注，想到我的少年的改变和成长，心里淡然。

当我释然，回过神来，望着村口的白杨树上两只喜鹊衔枝搭窝的安然，竟然突生感动，却也衍生出些许的嫉妒。在明媚的春光里，它们隐隐的恩爱，激起我的恶作剧心理。

我很久很久没有恶作剧了，只有回到乡村，回到我灵魂歇息的地方，我所有的真才会显现。

我捡起土坷垃，扔向树杈，看到喜鹊没有抗议。我不甘心，又扔了几块，喜鹊还是安之若素。一丝羞怯袭击了我，心似乎受伤了，站在树下，铆足劲儿向树踹了几脚。

我的那几脚不是敷衍，不是蜻蜓点水，而是使了劲儿的。白杨树只是抖了抖，也不见树枝掉落，喜鹊依旧忙着搭窝，毫不理会我的进犯。

我允许自己恶作剧，允许自己失了中年人的身份。我把城市里隐藏的一切，包括匆匆的步调与强装的欢颜，都一览无遗地暴露在一棵白杨树下，毫不保留地让山野过目，我很庆幸我有一个村子可以让我的本性显露。

“人之初，性本善。”有多少爱就有多少恨，善良与邪恶一样在灵魂里交错。此时，我的情感是复杂的，岁月打磨了我的棱角，也隐去了我一些固有的本真。

我对自己复杂的情感，尤其是对我的恶作剧不以为意，我尽可能释放着我的恶。我深知自己没有想象的那样高尚，灵魂里穿行的善良虽压制了一些酷似恶作剧的恶，但我固执地自认为质本纯洁，依着心性让生活变得诗意是为了更善。

有些青草芽隐在荒草间，探头探脑地绿着，犹如我带着乡野气息转入小城学校的怯怯，对城市的循规蹈矩，我有些喘不过气，那样的感觉一直存在了很多年。

我在田野奔跑的狂野，在麦场上东躲西藏的游刃有余，在林间的上蹿下跳，在大豆地里行走的任性，在青稞扬花时摘了穗头吃的馋劲儿，在洋芋花开时摘花的顽劣，一切与城市女子的安静端庄大相径庭。

我茫然，然后我竭力融入，收敛心性，努力做着女孩子该有的恬静。然而，我的身上毫无恬静，恬静是别人的事，我找寻原因，唯一的解释便是我的灵魂在乡村，不在城市。

人总是有伤痛的，我亦不例外。有些伤结痂了，村庄是最好的良药。嗅嗅炊烟，闻闻泥土的清香，在田埂上走几步，甚至在地头发呆，都是钱买不到的良方。

我怀疑自己病得不浅，一般的药无法根治，唯有村庄贴心的、原始的真，才能为我刮骨疗伤，才能让我放弃疑惑。

村庄熟悉的味道，在榆钱串串和苜蓿芽的馨香中，或浅或深地折旧春天，那些味道也年轻着村庄。

好多村人寄居城市，一座宅院并不老，新崭崭的，却显着淡淡的忧伤。是的，我认为就是忧伤。风捎来的榆钱在墙角落地成苗，冒着嫩芽，挤挤挨挨着，生怕又被带到陌生的地方。杏树含苞的粉嫩与树干的乌漆墨黑，截然真与假。风过，零落的花瓣点缀了空寂的小院。麻雀动了恻隐之心，叽叽喳喳地迎合着蜜蜂的嘤嘤嗡嗡，各自忙碌，相安无事地相处，那些绵延的情话让老屋不觉得孤单。檐下石子间的青草已窜出寸长，瓦楞上的荒草还在摇摆……

房上与檐下的植物，活成自我，像城市与乡村。

炊烟终于在老牛的哞哞和羊儿的咩咩声中升起来，那是村庄才有的青烟，拉长黄昏，拉长记忆，拉长岁月。

无论城市还是乡村，日子在煎炸蒸煮中过往，只是同样的翻炒，为何差别那样大？为何那么多的人念念不忘灶火与铁锅熬出的味道？为何都市的西点有时不及炕洞里烧出的馍馍？为何贪恋地锅洋芋和玉米？为何……

炊烟又在袅袅，我的一些无人所知的悲伤在灶膛里续上一把麦草秸秆或枯枝的温热里上升又上升。

村庄虽不老，但也精于梳妆打扮，水泥路、自来水、沼气节能灶、小洋楼等。

城市也模拟村庄的记忆，学着乡村的厨艺，楼上置板炕，餐厅里做柴火鸡等。

我的灵魂在村庄穿行，我摒弃了所有的不开心，很认真地温暖着悲伤与温暖。

我也总是思绪纷乱，感觉村庄也与我一样，也会心疼。或许有人说我矫情，可是没有在乡村生活过，又怎知村庄也有疼与不疼呢？

我立在杏树下，立在后院，立在我的童年记忆，我茫然。我的楸子树呢？坐在楸子树下串楸子果的回忆呢？我惊慌失措，不知所言。

生长的端午

快起来，跟我去拔草。不洗头吗？洗得头发黑黝黝的，梳成辫子多好看。

姥姥在炕头上念叨，我没法再装睡，只有睁开眼睛，从被窝里伸出双臂伸个懒腰，彻底醒来。我很懒，即使醒了也不立即起床下炕，而是在炕上磨蹭半天，爬起来移到窗前看看窗外，然后嘟囔说天要下雨，草铲不成，还是算了，就不洗头了。说完又会缩进被窝。

姥姥见我动弹后又倒头睡下，念叨的语气加重了：咔（迅速的意思）地起来。我一听，身子像上了发条一样，从炕上弹起来，三两下叠了被子靠墙放齐整，又铺开小被子，跳下炕穿鞋。麻利劲儿惹笑了姥姥。

瓜丫头，你被电打了吗？姥姥笑起来特别好看，像花盆里盛开的长寿菊。

我不理会姥姥的笑，快速洗脸。那会儿没有刷牙一说，农村人谁刷牙啊？平日里不刷牙的，要是去亲戚家吃酒席或是进城，至多用盐水涮涮。我在 7 岁之前是没有刷过牙的，看到父母刷牙，白色泡沫挂在嘴角又吐又擦的，觉得有些做作。心里嘀咕，姥姥一辈子没有刷过牙，也没见牙不好，我以后也不刷牙，也拿盐水涮。

我倒的洗脸水大概掬起只有两捧，双手捧着水洗脸时噗噗地吹气，那样只洗了两下，水就所剩无几，脸盆里剩的脏兮兮的一点儿水，洒在了堂屋地上，成了几朵花花。然后揩一下脸了事，也不抹油。其实没有油，没有宝宝霜或是郁美净，只有棒棒油。我不抹棒棒油，一来不喜欢那味道，二来抹了脸上油光发亮的。村里哪里都是土，棒棒油遇到土，一搓一层垢痂，更脏了。哪像现在的孩子，润肤露和护肤霜还是名牌，一瓶很贵的。

或许那时就没想到会成为城里人，也不知道擦油保护皮肤，以至于现在皮肤粗不拉碴，丝毫与细嫩与白皙不沾边。

洗把脸也浮皮潦草，一点儿不认真，像猫洗脸。姥姥嗔怪我。

猫洗脸只用唾沫，我用的是水。我一边反驳姥姥，一边拿过窗台上的木梳，也不解头绳，站在炕洞前，在头顶上胡乱刮一下，想着反正要洗头，梳头麻烦，刮一下省事。

姥姥坐在檐下的台阶上，看着我，也没吭声，在我要放梳子时伸长臂膀拉我，尽管我斜着身子努力躲闪，还是被姥姥拉过去服帖地蹲在她跟前，怕我又跑，姥姥索性用双腿环住我，才给我梳辫子。

我最怕梳头，因为怕疼。姥姥手劲儿比较大，一手捏着我的头发，一手举着梳子，梳一下是一下，很有力度，梳得我头皮发麻生疼。如果晚上睡觉踏实一些的话，头发打结不厉害，梳起来也没那么疼。

看看你的头发，结那么多疙瘩，梳不散，就知道是个脾气大嘴犟的人。姥姥一边梳一边又念叨。我已经习惯了她每次梳头的唠叨：脾气大嘴犟，将来找个女婿是挨打的料。我也总会反驳说，找女婿就是为了挨打吗？我到时候找个挨打的女婿，我一天打三顿，打得女婿见我就跑。

嘴犟也就罢了，还顶嘴，遇到一个家法大的婆婆，挨打的是你，骂的是我没有教好你。

她敢？我不给她饭吃，让她睡羊圈，看她还能把我怎样？

城里有圈吗？你能的，这些毛病不改的话，有你好受的。不要以为在说古经，丫头娃要有丫头娃的样子，一天像个尕娃（男娃），性子都野了。

头发没梳散，姥姥的数落已有一箩筐，更为可气的是，姥姥的唾沫星子在我后脑勺不停飞溅。每次姥姥给我梳头念叨时我也戗姥姥几句，姥姥不生气，会耐着性子给我梳头，还对我戗她的话又说上一通大道理。要是换成别的状况，我至多敢说一句，哪敢说那么多，光姥姥的怒目而视便让我像霜打的茄子，哪里还敢再犟到说让婆婆睡羊圈的话。若多说一句，她老人家会顺手拿起树枝或是笤帚，瞅准了在我腿上狠狠打两下子，就让我够受的了，即便是诱惑我、撺掇我说，我也是不敢多说半句的。

我说到让婆婆睡羊圈的话时，姥姥一下子没动静了，我侧头去瞅，姥姥正噘嘴吮口水。我慌了，双手捏住辫子发根，挣扎着要起身。姥姥死死地攥着我的头发，“呸呸”几下把口水唾到我的头发上。

又是唾沫，不会用水吗？臭烘烘的。我虽嘴上抗议，心里还是有些胆怯的。

姥姥才不理会我的抗议，依旧努嘴吮几下口水，朝着我的头发又使劲儿“呸呸”，她那舌底生津的珍贵唾沫，在我的头发上天女散花。姥姥总是以她的唾沫弄湿我乱飞的头发，梳得顺溜了也不急着编辫子，而是还不得劲儿一般，又是几下“呸呸”，直到头发被牛舔过一样才飞速梳成小辫子。

其实，我还是喜欢把头发梳成两个小辫，一左一右，走路时甩甩头，辫子跟着甩来甩去的，特有意思。但我惧怕姥姥编辫子的手劲儿，所以即便不喜欢也还是在脑后编成一根。

姥姥的唾沫让我气恼得不行，又拗不过，所以她编好后，我会拿辫子撒气，把辫子扯两下，才会解了心里的不爽和怒气。不仅如此，还会在腋下把扯了辫子的手擦几下，最后才重重地把梳子放在窗台上，发泄和抗议。

随着梳子在窗台上的一声“啪”，我跳进堂屋，藏在门后偷偷瞄姥姥，见她没有动静，又跳出来拿了木梳再次重重地放下，然后又跳进堂屋躲了，听不见动静就掀门帘再瞅。

这次声响大，姥姥略转一下头，不快不慢的话像冰雹砸过来：“还磨蹭什么？等着挨揍吗？赶紧提栲栳[①]，去铲草。”

我在门帘后听着，双手使劲儿绞着门帘，然后揉搓几下，瞅着瞪着姥姥的脊背超不过 5 秒钟，便从堂屋蹦出来，三两步跳到草房，拿了铲子，提了栲栳，先姥姥几步飞奔出家。

端午节的清晨，就这样在姥姥念叨着给我梳头去铲草的故事中推开了。

姥姥的身段极好，踮着三寸小脚迈着碎步的走姿还很好看，即使下地干活，她的背也不像村里的那些阿奶和大婶们的那样，而是直直的。我有时会跟在她的身后，故意用脚后跟走路，一颠一颠地迈着碎步走。每次，姥姥感觉到我学她走路时，我已在她身后走了十几米了。

姥姥不会生气，但会在我走过她身边时突然抓我。我大呼小叫，假装害怕，喊叫着跑开。

姥姥高兴时，我用铲子打一下路边的草，会问她：“把步子迈大一些，少走几步不好吗？为何要鸡啄米一样走碎步？”姥姥也不作答，眼睛盯着路旁的草丛。

我不敢再啰唆，也顺着姥姥的眼神寻找需要的草。

我和姥姥铲的草很普通，有白蒿、蒲公英、马齿莲、驴耳朵、麻英子。白蒿有股淡淡的香味，总与荨麻挨着生长，它们俩怕丢了彼此似的，

---

① 柳条编成的容器，底为半球，形状似斗。

白蒿长在哪里荨麻就紧紧跟到哪里。都说一物降一物，荨麻是冷血又爱挑衅的植物，喜欢扎人，喜欢进攻。一不小心被扎，奇痒难耐，唯有白蒿能解，揉蔫了在被扎处擦擦就好了。

姥姥拔了一些白蒿扔进了栲栳，我没心拔，顺手扽了身旁的几根冰草，故意问姥姥铲不铲荨麻？

姥姥也不理睬我，铲了一些驴耳朵。我无趣，不再故意发问，见了白蒿打尖，见了麻英子扽一些。驴耳朵贴地而长，不好拔，只有铲。

村外田野里那么多的杂草，能拔、能铲、煮水洗头的草并不多，但是姥姥有能耐，半小时左右就让栲栳满了。看着满满一栲栳的绿草，姥姥令我提回家让表嫂烧大锅先煮，她去自留地看看种的菜瓜。

我到家时表嫂的早饭已经熟了，所以草还没煮姥姥也到家了。她把手里提的几根柳条子放在花坛边，嘱咐表哥别在大门上。

过节自然要吃好一些，所以表嫂做的早饭是炸油饼、炒洋芋菜，做的凉粉和酿皮是晌午饭。

早饭端到炕桌上时，姥姥从她的箱子里拿出了她的存货：一本夹着五彩丝线的旧书，书里夹着她的那些宝贝丝线，大红、明黄、浅绿、海蓝、黑紫、粉白、玫瑰红，让人眼前一亮。细线被姥姥挑拣着拼色，而后一根一根拼到一起，与表嫂搓拧了，先给表哥戴。

吃饭前要戴好花线是老规矩，说是戴花线，其实是绑。每次，表哥的左手腕、右脚腕上绑了之后，才给我戴。我很贪心，脖颈和双手双脚都要戴，姥姥总不让我满意，要么让左脚腕空着，要么让右脚腕空着，说绑死了就长不大了。我会抗议，但抗议无果，在姥姥戴花线是为了不让蚊虫和毒蛇叮咬的碎碎念里，为了快快长大，为了不让姥姥再以唾沫为水给我梳头，我很顺从。

姥姥总是最后才戴，她只戴一只手腕，然后把剩下的线头绑在中指上，说是戒指。

花线戴好后，姥姥才拿出荷包，准备给我戴。那些荷包不是桃红的就是翠绿的，不仅好看，而且香喷喷的。荷包总是给我绑在上衣的第二颗扣眼儿上，我特别喜欢，提着荷包，一闻再闻。每次，我会问姥姥荷包为何那么香，姥姥说装了松香，蚊子们不喜欢松香味，见到我会躲开。

姥姥给我戴的荷包与花园里开的荷包牡丹一模一样，唯一不同的是多了两绺绿莹莹的穗子。我高兴得头发都渗着笑，感觉被姥姥用唾沫捋顺的头发也不再臭烘烘的。

俊啊，荷包跟姥姥一样俊。我夸着荷包也夸着姥姥，想象着戴了荷包绑了花线后连蹦带跳地走在山路上，蜘蛛、蛇、蚊子等统统躲开我，别提多舒服了。

草草吃了早饭，等表嫂煮好草水时，太阳已经照在檐下，于是姥姥给我洗头。草水兑了凉水，黄绿黄绿的。头发被黄绿的水浸湿后，抹了碱面，揉搓一番，然后再抹一次碱面，又是一番揉搓。那会儿就是用碱面洗头，好几天才洗一次，水总是脏兮兮的。本来，碱面洗头头皮烧疼，加上姥姥的揉搓，头皮比梳头的时候还疼，碱面洗两次后，才用清水冲，冲时还是加草水。我觉得没有洗干净，嘟囔冲水时不该加那黄绿的草水，洗干净的头发反而脏了。姥姥听见后会在我的后脑勺拍一下，说用端午的草水洗头，头发会黑亮黑亮的，也不生虱子，擦擦身子，土蛇蚤也不叮咬。

我闷声，心里答应着，揣摩着洗了头要出去显摆荷包，就没与姥姥论说。

头发还没干时，我溜出家门，快速走到核桃树下，见只有两个年轻媳妇在那里拉话，便一手托着荷包，一边做着闻的样子挪过去。她们看到我的荷包了，眼睛发亮，喊我快过去。我立即把荷包掖进衣服，假装没听见，故意走开。然后又在论事台前取出来，用手挑着，走一圈，最后站在一位大婶面前。

大婶一看我的荷包，再看到我的花线，立即把我拽到她跟前，提了荷包左看右瞧，端详了一会儿，再扯着花线用拇指搓搓后，指着荷包说你丫头命大，这荷包做得这么好，花线这么俊。我一听，要过我的荷包，告诉她我们一家人都戴这样的花线，我的表嫂也有这样的荷包，然后跳几步，快速离开论事台，跑回家。

我不得不快速离开，因为表嫂哪有荷包，就是表嫂想戴，姥姥也不会给她做的。依照姥姥的话说，表嫂自己有手，想戴自己去做，有赶集浪集与年轻媳妇们谝闲传的时间，就有做荷包的工夫。

村子里的大婶大嫂阿姐们很是羡慕我的荷包和丝线，因为姥姥做的荷包又精致又好看，拼的花线也最俊，线还是丝线。我自然得意她们的羡慕，会跑回家告诉姥姥。姥姥并不高兴，说那么好的银线（丝线），戴在腿上有些糟蹋，那可是你太太给的陪嫁，那时候从外地带来的。

我不解姥姥说的那时候与外地，也不解糟蹋的意思。想着几根丝线，怎么会糟蹋了呢？后来长大了，才知道说的那时候是指新中国成立前，外地是指姥姥的父亲走马帮走过的地方，也就理解了姥姥说丝线绑在腿上有些糟蹋的念叨，也明白那来路既远又长的丝线蕴藏了姥姥父母对她的爱。

不管怎样，每年端午姥姥铲草煮草水给我们洗头发、她自己洗脚的习惯雷打不动，直到我离开姥姥家，那些习惯一直保持着。

很多年后，母亲也拔草煮草水让我们洗头，起初是我们洗，后来是我侄女洗。

就那样，用端午的草水洗了很多年的头发，可是也没见我的头发黑亮黑亮的，相反，头发细又黄，也很不团结，总是拧到一起，打结梳不散。这些年来，偶尔一冲动会染发烫发，头发更像荒草散乱着，即使新长出的那一截，虽黑却无光泽，没有丝毫的黑亮，倒是白发首当其冲，又硬又粗，义无反顾地生长。

已经好些年没有用端午的草水洗头发了，也很多年没有戴荷包了，一个个生长的端午里，我步入中年，想起旧时光，心里隐隐作痛。

生长的端午，我想用草水洗头，我想戴荷包，想着想着，便有些惆怅了……

一封家书

面对皓月当空和灿烂的星河，希望有一颗星能应对自己，这算不算奢求呢？

我深知自己不是文曲星下凡，然而即便是草芥，还是有心愿的，渴望在寂静处安静。

今晚是灵魂出窍了吧？我的思绪纷乱，从信马由缰到亦步亦趋，从杂七杂八到无一不备，从遥遥无期到近在咫尺，好像要离开人世而在过滤自己。

人生，感觉，终点，白月光。感觉如此混乱，与遗憾商量好了或者不期而遇，又如挑衅一般，偏偏横眉竖眼，我被指责得不可思议，乃至我有点不知所措。

佩索阿的《我游历第八大洲》中有这样一句话说："通向 N 市的任何一条道路，都可以把你引向世界的终点。"

任何一条道路都可以引向世界的终点？世界的终点在哪里呢？

条条大路通罗马。在我看来也是，终点就是目的地，岁月的目的地不是终点是什么呢？

有些日子，我像一株冰草，在风里左摇右摆，找不到自己而心疼，找到了自己也心疼。风漫过的街头，潜藏的另一个自己在沉默。

完整的记忆，在陌生里疼了又疼。残忍是草尖上看不见的荒芜，我在荒芜。我找到了自己，但是忘记了很多人和事。

很多年没有写信了，年轻时的一些书信一直保存着，孰料早些年调办公室搬东西时嫌东西多而销毁了。那些珍贵的书信，是我青春的记忆，但是一念之差便化为了灰烬。

那些书信是一些听众、一些读者和同学写给我的，信封琳琅满目，信纸也不一样。信的内容有些至今还记得，想起时总有感动的温暖。

从初中开始到前些年的书信中，我特别特别遗憾的是没有保存唯一的一封家书。那封家书是父亲写给我的。

一九九三年的九月我成为西北师范大学的一名学生，异常喜欢大学校园的生活，也沉浸在认识新同学后听她们说家乡话的欢笑里，欣喜之余还是异常想家。

虽然离家很近，可那时路况不好，没有高速路，一百五十公里路，班车要走三四个小时，而且一路有人上车有人下车，车票也比较贵，不放假回家不划算。

尽管比之天南海北的同学，我很幸福，可是再近也会想家。父亲大概为了不让我想家或是少想家，所以给我写信安慰我，一封只有一页内容的信。

父亲的字写得大，两百字的稿纸大概写了不足百字。我永远无法忘记，也永远铭记着那封信的第一行字：李萍我女，你好。

接下来几行写的是要我好好学习，然后就是吃好照顾好自己，不要想家之类的叮嘱。

落款很正规，父亲：李光兴。

我愕然，把那份信读了好几遍，然后压在枕头底下，临睡前看上几遍，后来在双休日时会拿到校园的丁香树下翻来覆去地念，小声地念，念上几遍后眼眶就湿了。我当初想念出什么我自己也不清楚，现在也想不明白，我到底想看出什么或念出什么。

收到父亲的信之前，室友们的家书都是隔些日子来一封，而且一封是一封，好几页，读也要读上一会儿。每每那时，我很羡慕，希望我也有家书飞来，希望我也能有好几页的家书可读。但是我不抱希望，因为离家近，哪有家书呢？

当我的脚指头都想不到我会收到家书时，我欣喜若狂，心情复杂，难以言表。所以面对父亲的来信，面对他稀罕的寥寥数语，我在高兴之余还是有些恼怒，也有些不好意思，怕被室友看到而笑话我，不敢声张，悄悄藏起来。

尽管那样，我还是想给父亲写回信，对于父亲在信里写的李萍我女也没有怨恨，比起宝贝女儿、团团、闺女的称呼，父亲对我的称呼是正规了些，不过他本来就是传统的人，没有昵称是情理之中的事。

三天后，我给父亲回信了：

亲爱的爸爸和妈妈：你们好！

……

我凑了两页的信，内容杂七杂八，主要还是汇报学习生活情况。

我的落款也是规整到没有一丝甜言蜜语，你们的女儿：李萍。

在唯一一封轻描淡写的家书中，大学生活飞速结束了，我没有想着保存那封家书，毕业回家收拾东西的时候撕成碎片丢进了垃圾箱。之后一直在家，一直在父母身边，想有一行字的家书也绝无可能有。

我羡慕弟弟，也是从家书开始的。弟弟读书到工作的几年间，父亲不仅给弟弟写过好几封信，还亲自跑去看弟弟。弟弟的家书时长时短，那些满是严厉的关爱和想念的字里行间，不仅有父亲的爱，也隐藏着父亲骨血里延续的老家根深蒂固、不可扭转、无可奈何的一种心情和期望。而除了弟弟的回信不及时外，信中就三言两语，言简意赅，没读几句就结束了。

记得父亲读弟弟的信时，一字一句加重语气读，读出的声调，好像与弟弟当面说话一般。父亲不是读一遍，而是读好多遍，有时会以有个字不会写或忘了为借口拿出来又看。那刻，我心里埋怨弟弟吝啬，为何不多写几行或是多写一页？

或许，今天弟弟如果知道父亲那会儿那般珍视他的回信，想必他会后悔回信写的内容太少，即便不表达感情，就是介绍自己工作的流程，也会写上一页。

不知这些算不算遗憾？不知这样的遗憾在别人的一生有多少次？

家书抵万金！我是为没有把那封家书写上十页而遗憾，没有把那封家书保存而遗憾……

父亲离世后的日子，我没有忘记给他写家书，我用回忆续写了一封封家书。那些回忆里藏着的那么两三个人，在月光下会跳出来，奋不顾身地让我沉湎，让我想念，静止我的静止。那样时，我想跑出束缚自己情感的牢笼，想休克，想割腕，想在一团如絮的温柔中遗忘伤痛与自己。

我想的东西太多了。我那么喜欢的雨，花在雨中开着，雨滴在草木的字里行间纵横，我的灵魂的正面，我之外万人万物灵魂的反面，我在孤芳自赏。草木和一些天地间的精灵模仿着我在雨中的样子，忽而变成我，忽而荡然无存，我便突然失忆，忘记了自己的样子，就像花儿忘记了一些暗恋风的情结。

这些，都被我一一写入家书，只有我能打开、我能读取的家书。

天堂里的父亲，您能读懂我的那些家书吗？您能给我再写一封信吗？

今夜，月色蒙白，我静静地站在阳台上，终于在月夜写下了一封回忆的家书……

哑巴大大的花生糖

村里有个哑巴，总是得到姥姥的照顾。尽管他有侄儿，日子也算过得去，但是家里做好吃的了，姥姥会让表嫂装好，令我送过去。

我也会跟着别人喊他哑巴，当然是背着他的。当面我还是叫他大大，姥姥则喊他的名字：福全。

每年腊月，村里的家家户户打发灶王爷上天后，年货也置办齐全了，杀鸡宰羊后便会挑日子把村里的年长者请到家里，喝酒、划拳、吃肉、拉家常。今天这家明天那家，吃吃喝喝几乎到年三十，很是热闹。

每次，那些人到家上炕后，油炸馓子端上桌了，肉也煮熟了，我便例行公事，去请哑巴大大，但是他总是不肯来，也没来过一次。每次面对我的请，他笑笑后，嗯嗯点头答应，然后摆摆手，摇摇头，含糊地说出不去的话。

我也点点头，嗯嗯地答应，嘴里嘟囔去不去不关我的事，反正我的任务完成了。每次去请，哑巴大大会给我两块糖，是花生糖。原本我就不爱吃花生糖，再看糖纸都不成样了，旧旧的，便有些嫌弃，心里骂他抠门不知道换成牛奶糖，虽嫌弃但还是拿了糖，也不吃，放入衣兜。

哑巴大大不来也能吃到肉喝到肉汤，表嫂安顿了炕上的那些人之后，在瓷碗里切了肉片和别的，瓷缸里舀了肉汤撒上些蒜苗与芫荽，让我给他送过去。

哑巴大大每次接过我送去的肉和肉汤，会哇里哇啦地对我说几句，至于说的什么只有他自己知道，我不知也不会猜想，更不理会他说的是什么话，我只想快快回家，催他把东西折（倒的意思）到自己家什里，大声告诉他我还忙着。他总是眼圈发红，有些不知所措，有次看到他哭了，我以为他生气了，尴尬地摆弄着衣角，嗫嚅说慢慢折，他则伸出右手来摸我的辫子。我向后一仰，斜身，歪头，躲过他的手。

他只好收回手臂，揭了瓷缸子的盖子先是闻闻，而后吹吹，讪讪地喝口汤，哑巴着嘴，一边点头一边嘟囔。

除了腊月的肉和肉汤外，油饼、酿皮或是凉粉，反正家里只要吃好吃的，总少不了哑巴大大一口。

给村人送吃送喝的差事是好事，我也乐意，总是喜滋滋地送去，得了夸赞或是奖赏后连蹦带跳地返回。然而，给哑巴大大去送我很不情愿，但也不敢违抗姥姥的圣旨，只好硬着头皮磨磨蹭蹭地去做。有次，姥姥又差我去给哑巴大大送油饼，我不想去，就质问姥姥，家里是不是欠了他的人情？是不是对他有亏欠？为什么吃点儿好东西都要给他送？

姥姥在我额头上戳一下，嗔怨我，说我人小鬼大，说亏我想得出那样问。最后，姥姥还问我，说给难心人（困难人）送一些好吃的，就是因为亏欠了人家？

我无言以对，撇撇嘴，乖乖去送。

记得有次，夜深了，姥姥睡不着，给我又说东道西，说她年轻时跟着他的父亲去甘南的事时，我趁机问姥姥，哑巴是不是我亲舅舅，因为某种原因，送人了？

姥姥先是一乐，紧接着问我脑子里到底装些什么？说福全是个可怜人，从小没了爹娘，没人疼没人照顾的……

一声叹息之后，姥姥很严肃的一字一句地叮嘱我：做人要心善，不巴结富人，不嫌弃穷人，多干好事，吃亏是吃福。还有，以后不管什么时候，不许叫哑巴，叫福全大大。

我那时不大明白，心里虽然抵触不让叫哑巴，但还是点点头答应。心里却想，我会做善良的人，但是我只管我自己，才不会管别人是富是穷。亏能不吃则不吃，福能享则多享。

自那晚以后，提起哑巴大大，我不再哑巴长哑巴短地称呼。

一个个节日或不是节日的日子里，我是给哑巴大大送好吃好喝的特使，不知他有时候会不会盼着我在他家的院外高一声低一声地喊他大大。

我在姥姥家幸福的日子到头了，上学年龄一到，在村小念了一年，就被父母先是接到县城的小学，后转学到市里上学，让我成为城里人，成为城里学校的学生。虽然那时适应能力特别强，但还是想回到姥姥家，想念姥姥，偶尔还会想到哑巴大大的花生糖。

姥姥因想我，偶尔会到城里小住，时日一长，与家附近的一些裁缝混熟了。那些裁缝会给姥姥一些碎布头，今天一些，明天一些，姥姥拾掇得高兴。有时候她让我去拿，我虽不情愿，但不愿惹姥姥不高兴，觍着脸去取。那些裁缝有时候笑眯眯的，有时候冷着脸，我心里不大舒服，觉得裁缝们太能装了，假惺惺的笑令人讨厌，像在施舍，像打发要饭的。

姥姥回家前一晚收拾拿的东西时，我看傻眼了，包包里除了父母给她带的东西，最多的就是布头，还有一些邻居给的旧衣裳。姥姥一样一样装得满心欢喜，说布头一些给表嫂，一些给谁家媳妇，说旧衣裳几件给福全，几件给村里的瘸老汉，几件给邻村的瞎子婶。

我一边附和姥姥，心里一边嘀咕姥姥多管闲事。

村里的媳妇很喜欢姥姥从城里回去。每次，姥姥让表嫂先挑选布头，之后，她自己留一些，其余的给村里的媳妇们挑选。当那些媳妇们高兴地选这选那时，姥姥会严肃地说她们不许因为选布头闹是非。

那些会被裁缝扔掉的布头，在媳妇们的眼里却是宝贝，不是做鞋垫就是依着花色拼凑成一小块，然后几小块缝成几大块，最后做成褥子面子或被面子。说来也怪，那些花花绿绿、大小不一的布头，被一双巧手剪成三角缝成四角，多个四角组成多个角的一大块布后，宛如一块画家着色描画的大画布，瞅着瞅着，那些布头居然变得好看。

姥姥有些偏心眼，她拾掇的布头缝的被面子，没有给表哥表嫂，而是给了哑巴大大。暑假，我回去后给哑巴大大送去时，哑巴大大哭了。那一回，他没有摸我的头，也没给我花生糖。

我有些不习惯，也觉得无趣，看他哭了，跑回家告诉姥姥。姥姥说他是可怜的苦命人，说他受了不少罪。之后，给我讲哑巴大大的身世。

姥姥说哑巴大大最初不是哑巴，他的父母在他小时候因为芝麻大的事吵架，想不开，双双寻了短见，他便由哥嫂带着过日子，八九岁那年病了一场就成了哑巴。长大了，到了成家的岁数，也没娶上个媳妇。三十多岁了，看着侄儿们长大，他要搬出去单过，他哥执拗不过，给他在院外盖了两间土房，随他的意，由着他一个人过日子。

知道了哑巴大大可怜之后，我对他不再有敌意，也改掉了对他说话歹声歹气的毛病，老远见他会大声打招呼，对他也有了一丝亲近感。

哑巴大大无论在哪里见到姥姥都显得很高兴，亲热地拉着姥姥的手，叽里呱啦指手画脚地说上一阵子，才会红着眼走开。

冬天，哑巴大大总是背着背篼拾粪，所以有时表嫂一大早咋咋呼呼地大喊门上居然有一堆粪时，姥姥淡定地说肯定是福全倒的。

哑巴大大就像姥姥家的一员，虽生活在各自的屋檐下，但心是连着的。我上学后，给哑巴大大送吃喝的差事落在表侄身上，年复一年，已成我们家的习惯。

我渐渐长大，姥姥慢慢老去，腿脚开始不便，可还是闲不住。麦地开镰了，表哥表嫂去割麦的时候，我拗不过姥姥，便与她一起去自留地里拔麦。姥姥不习惯割麦，她依照多年前的样子拔麦。入了自留地，姥姥会双膝着地，双手齐上阵，左一把右一把，抖掉麦子根须上的土，几把就是一捆。我不喜欢拔麦，所以半天才拔一捆。有一次，哑巴大大去担水看到了，扔下水桶，跑进地里，叽里呱啦地拉姥姥，还瞪着双眼，指着我说只有他自己听得懂的话，样子显得很生气。

姥姥笑着，对哑巴大大说在家闲不住，能拔几捆是几捆。他则红着眼，摇摇头，指东指西地嘟囔一番，开始蹲在麦地里，也是双手同时拔麦。姥姥劝他去担水，说地里的活没撵上，麦子麻黄，等他们割完了那一块再拔也不耽搁。

哑巴大大还是摇头，不听姥姥的，继续拔。姥姥没法，只好随哑巴大大，自己继续用她的方式拔麦。

虽说哑巴大大不年轻了，可是他手脚利索，不一会儿，麦子一捆一捆的多起来，我数了数，都十几捆了。看到哑巴大大拔麦的劲头，再看看一捆捆躺在地里的麦子，我暗自小声嘀咕：拔麦倒是高手，也很卖力，看来没白吃姥姥家的好吃的。

有哑巴大大帮忙，自留地里的麦子一上午就拔完了。我坐在阴凉处，看着姥姥和哑巴大大把麦捆立放，看着哑巴大大给姥姥掸去身上的土，心里不是滋味，也有些不舒服，感觉哑巴大大比我还疼姥姥，怕姥姥被他抢了。

表侄寻来，见到我们大喊："吃晌午饭了，是凉面。"姥姥看着表侄，满眼的笑。

姥姥也让哑巴大大一起吃了晌午饭再去担水，他起初又是摆手又是摇头，但看到姥姥假装生气的样子，也就同意了。最后，哑巴大大搀着姥姥出了麦地，我则担了他的空水桶，左摇右晃，吱呀吱呀地跟在他们后面。

一进家门，表哥一边对哑巴大大笑着说阿哥辛苦了，一边赶紧给哑巴大大倒洗脸水。哑巴大大洗脸的时候表哥埋怨姥姥，姥姥佯装生气，努嘴指一下哑巴大大，笑而不语！

后来，姥姥摔伤了腰，多次医治后虽然好了，但由于久坐使腿部肌肉萎缩而行动不便，后来竟然下不了地，只能在炕上打发余生。姥姥在炕上的那几年，哑巴大大几乎每两天来一次，问姥姥喝不喝水，吃不吃东西，像家里人一样来去自如，村里人都说姥姥跟哑巴就像母子。

姥姥离世，哑巴大大在姥姥灵前呜呜咽咽地大哭，一把眼泪一把鼻涕地叽里呱啦地哭诉着，一边磕头一边哭，哭了很久，与我一样，很难过。

姥姥与我们永别入土，我归位到自己的生活。后来听表嫂说，姥姥走后，哑巴大大病了好几天。

生活总在忙乱中按部就班，姥姥不在了，我回去的次数越来越少。记得那年端午节回去，在村口遇见了哑巴大大。他黑瘦黑瘦的，衣衫不整，佝偻着腰，袖手站着，发须皆白且散乱不堪，一脸沧桑，不忍直视。我有些难过，但还是热情地与他打招呼喊他大大。他则目光呆滞，看着我发愣。我又喊了一声大大，他才从袖筒里抽出手，指着我，哇里哇啦地嘟囔。我告诉他我是谁，问他记不记得我？他听后先是一愣，随后，红了眼圈，使劲儿点头，又把我从头到脚打量后，对着我的头举高了右手。我一愣，下意识地斜了身子要躲开他的手，但是哑巴大大的手没有伸过来，就那样举了几秒钟便缓缓放下，有些不知所措地又袖手而站。

我的眼睛潮湿，我竭力忍着酸涩，告诉他我给姥姥上坟烧纸。他点头嗯嗯地答应着，居然流泪了。我很难过，看着他没有避开地擦眼泪，我的心像蜜蜂蜇了一般生疼。我掏出五十块钱塞到他的手里，他看着我又把钱给我，我又塞给他，在我的坚持下他没再拒绝，盯着我看了几秒钟，捏着钱，瘪着嘴又要哭但没哭，擦擦眼角，向我扬扬手，转身走了。

哑巴大大的转身，哑巴大大孤独的背影，踽踽独行的背影，定格在我的记忆深处很多年。

与表嫂提及哑巴大大，表嫂说哑巴大大身体不大好，靠着国家给的钱生活。一个人过了一辈子，是个难心（可怜）人。

表嫂做的吃食，给哑巴大大的已经装好等着去送。我说我去送，说不定以后没机会送了。

当我像儿时那样提着东西第一次走进哑巴大大的家时，哑巴大大居然又流泪了，他哽咽着，接过东西，佝偻着进了房间，依旧把食物倒在他的家什里。

我泪盈于睫，但是忍着没有哭。离开哑巴大大家的那一刻，我多么希望他给我两块花生糖，摸摸我的辫子（虽说我没有编辫子）……

前些日子，表嫂在电话里说事，挂电话之余说哑巴大大走了，走得突然。头一天还好好的，或许是脑溢血或许是心肌梗死，走的前两天还看到他去给姥姥坟头烧纸，在坟头坐了很久，被表哥看到带到家里坐了半天，吃了晚饭送他回去时还好好的，第三天他侄儿发现时，人已经断气，身体发硬了！

我听了很难过，鼻头发酸，不知所言，哦哦地应付表嫂后说有电话打进来，挂断了电话。

我不知如何排解心里的难受，泪流满面，无法释怀。

哑巴大大走了，临走前，还给姥姥去烧纸，此刻他们在另一个世界里，不知是否还有缘见面……

手比脸贵

一个笔会上，偶遇一位会相面的散文家，他给一些在场的文友们看面相，我心生好奇，百般恳求，也请他给我看看。他拗不过，神情严肃地看了看我的脸，还让我撩起刘海又看了一下，之后还看了手心手背，只说了一句：“你的手比你的脸贵。”

我愕然。

我没有相过面，总怕那些看相之人的说辞影响我的心性和命运，但散文家是大家，写的散文在国内名气极大，人也谦和，儒雅有风度。他既然那样说，定是有依据的。

他对我的愕然笑而不语，我再三恳求，他又看了我两眼后，一字一字说的还是那句话：“你的手就是比你的脸贵！”

于是，我细看自己的双手，从掌心的纹路到十指的簸箕和斗，从手心到手背，看了好几遍，然后摸了摸脸，把狐疑塞进心里。

笔会结束归家，一个人的时候，对镜审视良久，认可了散文家的说法。

可不是吗？我是窄额头、小眼睛、单眼皮、塌鼻梁、高颧骨、扁嘴唇的人，脸部轮廓的线条粗粝，无一丝柔和，与天庭饱满、地阁方圆风马牛不相及。再看看我的手，手掌倒也有一点点的肥厚，掌心比手指长两寸左右，五指并拢有葱段之感，由粗到细的匀称，就是俗话说的葱指手，又做了美甲，整体看去还不错呢。红色的指甲油点画了白色的梅花，指端酷似有白梅花盛开，大小不一，故而耐看。因为耐看，有事无事，我都喜欢伸出双手举着、做着凸显指尖的各种动作，自我陶醉。

幸福是靠双手创造来的，众生都依着双手刨食，刨来刨去，直到闭眼离开人世的那一刻，手才闲下来。不刨怎么办呢？即使天上掉馅饼了还是要张嘴才能得到，也是要花力气的。农家子弟占了天时地利人和的条件，鱼跃龙门，以读书改变命运，不用在地里刨食。但是，创造新生活还是需要双手的，诚然手是金贵的。

我的十指簸箕比斗多，虽对簸箕与斗的说法有疑惑，但相信斗多者非富即贵，我那么多簸箕，自然平常日子平常心，也无野心，以纸笔为伴成为一名报人。时光荏苒，在电脑上写稿子以来的十年里，钢笔在中指骨节末端磨出的茧子，时至今日，依然还在，依然有迹可循。

如此，相信散文家说的没错：我一张平铺直叙的脸与一双看得过去的手相比，手自然显得贵气。

我写出的百万字文稿，每篇从落笔到完稿的反复修改、反复誊抄，几次到十几次，辛苦了我的手。多亏了我一双贵气的手，早些年的读读写写，会有收到稿费的小欢喜，尽管低，但积少成多，够买心仪的物件或喜欢的书，感觉极好。

有些人见过我两三次了，再遇见依旧陌生，至多有点儿眼熟，但提及我的名字或是文字，不仅熟，还能说出某篇文章的细节，说出感动他（她）的情节。我愕然但也释然，我一个靠手吃饭的人，记不住我的脸合乎情理。

一般而言，那些面带微笑又拥有一双观音手的人，生活肯定安逸；苦瓜脸与双手干瘦的人悲苦难免；把脸拾掇得精致但双手粗糙的人，生活也是较为悲苦的。我这样的理解虽说有些勉强和肤浅，但差不了多少吧。庄户人家的男男女女，哪个的手不粗糙，若一双手纤细、白嫩、柔软，如何侍弄庄稼，如何操持家务，如何成为手艺人？素手、玉手及手如柔荑、柔若无骨、指如葱根、十指纤纤等词汇，是衣食无忧、生活富足之人的标签。

城乡的差距不仅体现在衣食住行，城里人与农村人的差别，也体现在了一张脸和一双手上。

我的灵光乍现，想到“手是人的第二张脸”的话，确信散文家之言有理有据。

有一年，回老家的次数较多。

在老家的那些日子，从田间地头到牛棚羊圈，从炊烟到老屋墙角的青苔，凡是入我视野的景致或风物，都被我的目光和双手捋过，心海翻转的情愫，不是三言两语能说得清的。

我的身体状况明显变好，只是一双手硬邦邦的，掌心不再柔软，便有些失落。

之前，还窃喜有一双好似柔软的手，虽不白嫩，但有点葱指手的韵味，因而暗自和身旁过于骨感的手指比较一番，庆幸有一双可供自恋的手。当然，对于有些快当奶奶的人还有一双肉嘟嘟、软乎乎的手时，我满眼羡慕地很想摸摸。很喜欢那样一双柔软的手，看着心也跟着柔软，说话也因压低音调而变得轻声细语，害怕吵醒熟睡的婴儿似的。

每次，心那么温柔之后，再瞧瞧自己个儿的手，摩挲几下，怅然叹息。

于是，每次从老家归家，最在意的是双手，反复洗、用醋泡、涂护手霜，尽量让手变得软和。

记得有次周日下雨没去老家，我去学二胡，手指一点也不灵活，李老师不解，我则以周六去老家锻炼搪塞我拉练习曲的不熟练和双手的僵硬。李老师调侃我，说我是能人、是高手，写稿子的手去庄稼地逞能，厉害！

李老师的调侃乍听似乎有点儿酸，细想有理，事实本就如此。

我写一篇稿子也就几小时，当然个别情况除外，我是轻松的。可是在老家的两天时间里，我憋足了劲儿，十指生疼也没有帮婶婶干活干到点子上，反而帮了倒忙，因为急于求成而忙中出错，铲掉了好多长势极好的玉米苗，逞能让双手受罪了。

所以，我心安理得地让双手在粗糙与柔软之间反复，重复汉字持有的温度。

尽管如此，我还是没有拒绝回老家，还是喜欢去老家。

当指缝的肉刺渐平、掌心有点儿柔软、掌纹有点儿细腻、手背有点儿光滑时，又要去老家，心里虽有点儿抵触和无奈，却也没有一次与村庄失约。尽管婶婶要我在家转悠，烧水做饭，但我不干，我不愿意回到村庄了还要围着锅台转，自认吃饭端大碗干活溜地边太不应该了，我宁肯我的双手沾满泥土的厚度，我宁愿我的指甲缝里都是泥土，也不愿去了村庄还与大地保持距离，所以硬着头皮任性地跟在婶婶身后去了地里，又装模作样地干活。

那时我心里很矛盾，既想帮婶婶干点儿活，又怕手疼，既想让她们高兴，又不想让手变得粗糙，最后与嫂子们的手比较一番后，才化解了心底的那些矛盾。

说是矛盾，其实是自私。我自私地爱着自己的手，爱着自己，尽管我的双手沾染的乡村气息丰富着我的灵感，写出的文字带着乡间特有的露珠而颇受读者喜欢，因此也沾沾自喜，也就忽略了指甲缝里的污垢与身体疲惫的不爽，反而有点儿小小的幸福感，便会感叹一番我多么幸运，幸运还有一个村子让我来去自如，比之那些想体验乡村生活只有通过农家游的人，我既幸运又富有。

日子如此打磨我，亦不例外地打磨着我的心情、灵感、文字，也打磨着我的双手。对于那些打磨，我是欢喜的。

所以，在一块块玉米田、洋芋地里，双手赋予的欢喜在婶婶高兴的眼神里发光。那些梳理了杂草的田地，犹如我多次修改的定稿，满满的成就感。

自始至终，我的双手在默默抒写着我人生的难能可贵。

大豆（蚕豆）花儿开得热闹，把遇黑则白、遇白则黑的画技显露得淋漓尽致。再看那蓝莹莹的胡麻花田，尽显海洋之感，风吹过来，蓝色浪花翻卷着唯美，比油菜花的黄灿灿多了静谧、沉稳和浪漫。再累，也要多看几眼，反复欣赏。当灵感纷至沓来，遂在手机上记下那些美妙的感觉，既解了乏气，还积存了写作素材。

无论在排兵布阵的玉米地，还是穗头沉甸甸的麦地，我都会遥望远山、天空、田野、村庄，美得令我眩晕。骄阳下，我会举臂揩汗，我会席地而坐，如假包换的获得感那么珍贵。

我在村庄下蹲、起身、挪步，我与地里的植物，我与田野，在映衬大小。大与小，小与大，像极了词与句，段与文。

然而，在父亲的坟前，我的双手抚摸着回忆，也扯着一些冰草茎秆，指肚和掌心被冰草划出一道口子，血渗出，鲜艳的红、脆生生的绿，让我在疼与不疼之间游弋。二十年来，父亲的音容笑貌在悲伤里如影随形，我与父亲在两个世界里行走，曾经那般遥远又遥不可及。

此时，我不知我贵在哪里？那些所谓的贵到底该如何理解？

父亲与姥姥，还有那些守着一堆黄土默默无语的亲人，他们的爱永远在我怀念的掌心温暖我，也刺痛着我，每每想起，让我时常无计可施……

突然觉得对自己的双手有些亏欠，坚持与土地亲密接触，便把洗了又洗舍不得做次手膜的双手轻吻。

“亲吻”是多么感性的一个词和动作！天地间所有的感性，都体现在亲吻里。双手对万物的亲吻，对土地的亲吻，都被一一回应，只是土地回应亲吻的方式很特别，它永远是宽容的，总是珍惜人们的汗水，珍惜双手抚摸过的一切。

我的家庭，我的喜好，我的人生，因为我的双手而暗香袭人，每一次每一波的花香都是贵贵的，因为我的手比脸贵，那些贵气里藏着手指触摸过的一切，灵魂走过的山山水水，一些静寂的灵光一直闪着晶莹：在金塔剪过黑枸杞，在鸣沙山灌过沙子，在贺兰山岩画里读过岩羊，在阿拉善摸过数以万计的奇石，在察尔汗盐湖撒过盐粒，在青海湖掬过湛蓝的湖水，在伊犁割过青草，在拉萨推过转经筒，在镇远安抚过苗族大妈，在香格里拉抚过青稞架，在双廊采访过最后的船匠，在西双版纳泼过水，在北海银滩捡拾过贝壳，在周庄的三毛茶楼与张纪寒聊过三毛，在西子湖畔阅过残荷，在栈桥眺望过渤海，在大连数过战舰，在东方之珠拍过照片，在西安检阅过兵马俑，在八达岭长城上抚摩过青砖的苍凉，在老家的麦田挥过镰刀……

此刻，我的十指敲出的一些文字，字里行间无法剔除的愁怨，都隐约着村庄的一切。

我的手的确比脸贵……

一朵解毒的时光之花

入夏，一片绿意间，打碗花隐约的白或微微的红，一片一片或星星点点，散在山坡上、草地间、林子里，东一团，西一簇，或挤挤挨挨，或孑然独立。两拃长的茎秆，托着火柴头一样的红骨朵，美得简单。

性子急的已盛开，粉白一片，挑着淡淡的花香，自成一景。

伴随着打碗花摇曳的浅淡之美，释放的清浅之意，便也不顾儿时大人反复的叮咛，开始喜欢打碗花铺陈的美。

天蓝，云白。蓝与白都很有深度，迎合着鹰的展翅，高远，深邃。

敞开的山野，草坡里铺展着打碗花。打骨朵儿的顶着红色，盛开的则摇曳着一袭的白，前后左右都是，宛如一瓢泼出去的水，稠密又稀疏。一瓢又一瓢，十万瓢之后，十万丛的打碗花被撒满山坡。

面对那样的山坡自是难免惊喜，虽自小熟悉打碗花，可是在一个初夏的清晨，在一个山坡上，被打碗花诗化的美突然感动，也就无由被打碗花的纷繁感动。

感动是个微妙的词汇，此时的感动在手机的微距特写，对打碗花的远近捕捉里。我或蹲或爬，定格着打碗花的唯美，也把风过山坡打碗花颔首的瞬间逐一记录在相册。

同时，我的感动，山坡的感动也被一一记录。

突然想让密密匝匝的簇拥惊艳感动，便闭眼，深呼吸，让淡淡的香味沁入肺腑。这么多年，初次感知打碗花还有淡淡的香味，欢喜随之而至。

绿野之上，一簇簇、一丛丛的打碗花，鲜嫩着阳光和风。坐着，或发呆，或梳理心事，或远眺，那刻犹如陶翁，悠然自得，一切平静得安然。

信手摘了一朵，只是一朵，闻闻，而后别在耳边，双手托腮而坐。看景，听风。忽然，鸟鸣啁啁，清脆悦耳，大概是铜铃鸟。我侧耳细听，找寻清脆声无果，又穿过几处草丛，侧坐，斜躺，仰望。

阳光泻下来，对我温柔以待，我愈加喜欢，让肌肤，让心情，让灵魂裸露在晴空之下，裸露在蓝天白云之下，绿草打碗花之上。

倾诉、呢喃、娓娓道来的花语，于我温暖。不觉间，时间与风奔跑着溜过，依然不想离开，特意奔赴的拜谒，怎会如此草草结束呢？

斜眼望去，打碗花在山坡上犹如镶在绿波上的星星，密密麻麻。风过，摇摇晃晃的微红托举的白，又似一颗颗玻璃弹珠，浮在草波，晶亮晶亮，美得朴素、美得自然、美得纯真。

静坐，与山野的风，与山野的花草，与丝绸一样飘动的柔软，神灵之上，所有的不洁都消逝，一切都变得圣洁。

如果对人世间的滴水都这般的至爱，那么折射的不仅仅是阳光，还有大爱。

我沉湎美好，便头枕双臂，无所顾忌地躺在草地上，嘴角无冰草可衔，顺了一些叫甜蜜蜜的花儿，噙在嘴里，年少的感觉便漫过来，覆盖了我。

童年的山野里，感觉最得势的是打碗花，因为无人问津，散漫又急促地四散着。起初是巴掌大的地方，第二年是一片，不出几年，就成了一大片，随处而见。花开了，除了风雨、阳光、蜜蜂和蝴蝶，除了我，似乎再无打扰。我性子急，一根一根地摘嫌麻烦，索性一把一把地扽，也不害怕被扽断的花茎里流出奶汁一样的白色浆汁把手弄得黏糊，只是可心地把扽的花儿一部分编成花环戴在头上，一部分攥在手里随意玩耍。花朵走一路撒一路，临了所剩无几，快到家时已全部撒完了。

打碗花，打碗花，依照叫法，就是会把碗打破的花花。只要把打碗花带回家，哪怕一朵，碗和碟子都会被打破，再机灵的媳妇，也会因为打碗花而使灶房里冒出“嘭”的声响，不用问，不是碗破了，就是碟子成几瓣了。

说来也怪，越是大人们禁止做的事，我们越会心心念念地记挂，直到尝试了大人们的巴掌或是呵斥之后，才会变得听话。

姥姥不许我把打碗花带回家，不光是我，村里所有的孩子都被警告不许把打碗花带回家，说只要把打碗花拿回家，家里的碗就会被打破。还说打碗花有毒，千万不能吃。我是每次都答应得痛快，因为我不会傻到要吃打碗花，至多也就是掐了编花环玩。

尽管我答应了姥姥不把打碗花带回家，但还是在裤兜里塞了几朵偷偷地带回，等着看家里的碗是如何自己个儿碎裂的。我眼巴巴地等了两天，灶房案板上的碗一点儿动静都没有，既没有“咔嚓”的碎裂声，也没有掉在地上，我一遍遍往灶房跑，一次次地坐在灶房门前，最后很失望地扔了已经在裤兜里发蔫的打碗花。

因此，后来姥姥再次叮嘱我时，我会据理力争，说把打碗花带回家碗会破是瞎说。姥姥说是她的太奶奶告诉她的，反正老人们都那样说，我还不依不饶，继续说那样的说法没有理由，都是瞎编的。

面对我的步步紧逼，姥姥先是皱皱眉头，似乎有些不悦，后来见我的得意样儿，就瞪着我说我再犟嘴小心些。我见识过姥姥收拾表哥的场面，也领教过姥姥给我梳头的厉害，所以我没敢以打碗花挑衅姥姥，无趣地笑笑，连跑带跳地出了院子。

村外的林子里，打碗花一团团开得比山坡上的娇艳，花头也大，茎秆自然粗一点。我有些可怜打碗花，因为有毒，那么好看的花花，牛羊不食，就像蕨菜一样备受冷落。蕨菜还好，起码是餐桌上的绿色食品，而打碗花不知是大自然给谁的定情物，除了我们孩子们喜欢而既掐又扽之外，谁也不会去青睐。

后来，姥姥发现了我又在裤兜里藏了打碗花的事，说我太犟，没有吃亏就不听大人的话，说我万一中毒了，怎么给我爸妈交代。我一听，真害怕了，喜欢也减了几分，赶紧把蔫不拉叽的打碗花扔到炕洞里，要不然我万一真的死了，多么可怕啊，我是城里人，怎么可以死在农村呢？那样害怕并有了担忧之后，再也不敢碰打碗花了。

日子在俯首仰卧里缤纷，四季在花儿的纷繁里明媚，不胜枚举的朵朵芬芳摇曳着日子的多彩多姿。打碗花也是花儿阵营里的一员，即使不被喜欢，年复一年，依旧发芽开花，纷繁自我，用心奔跑在高原、山野，奔跑在很多人的记忆里，也奔跑在万物各自的执念中。

缘于我喜欢花花草草，所以朋友会戏谑我是狗尾巴草。我欣然接受，并沾沾自喜：只要是这世上的生命，成一株狗尾巴草也不错。

美好的日子，我爱着花草，也爱着自己，只是本性使然，不会对不喜欢的人或事强颜欢笑，或甜言蜜语，或阿谀奉承，因而又博得朋友的金玉良言：不听好言相劝，就是犟，活脱脱是属驴的人，那些在不听话的状态下写的文字有毒，是带毒的花朵，是名副其实的属驴的狼毒花。

我也不生气，相反暗喜，朋友如此了解我，我多么幸运。故以香水有毒之语掩饰我的喜欢。

我居然是一朵属驴的狼毒花！细想，友情蕴含的温暖如狼毒花一样淡淡地开在山野，开在人情世故，开在人间，也是难能可贵的。

其实，有毒即无毒，无毒即有毒，总是离不开毒。

万物都有毒，放毒与解毒的相互纠缠，简单与复杂交织的人生之毒，终了无毒的清欢。

偏爱是个缺点，偏爱也没有理由不爱。犹如在满山满坡怒放的打碗花丛里，让心情归于自然，毫无做作，让灵魂歇息归位，也是最好不过的。

那年之后，狼毒花在生活里潜行，而最近又知，在山坡、林间、溪边生长的打碗花，芳名叫瑞香狼毒花。

忽然感动给打碗花赋予瑞香的人，因为有毒叫狼毒花，又因为可入药而叫瑞香狼毒。瑞香，一个带着香气的女子，让有毒归于无毒，让一切变得唯美，多好……

很想戴一个打碗花编的花环，做一回童年的丫头，奔跑在村庄，奔跑在田野，只是像儿时那样不会大把大把地扽。

我的想法简单又复杂，忽见一个花环躺在眼前，拿了戴在头上，犹如给我量身定做的一般，大小很合适。

想摘一把带回家，就一把，多也不要。想插瓶，想让瑞香狼毒花在闹市里给予我安静。几分钟后，我弃了念头，也取下了花环，看着花环上的花朵还鲜艳着，一声叹息囊括了所有。

恋恋中下山，我刻意曲解，把满目的打碗花当作绝美之花，蕴含了很多含义之花，比如关爱，比如包容，比如思念，比如静好的岁月，比如博大的胸怀，还比如甘之南的甘南……

我在心里自语：那么，就做一朵属驴的瑞香狼毒花，永生永世盛开在山野草地林间，只要内心坦坦荡荡，只要对别人没有伤害，即使身怀剧毒也不怕，因为时光可以解毒！

回忆、心情、爱、想念、文字也是一朵可以解毒的时光之花，盛开在我的生命里，丰盈着我的一切。

童年，有风吹过

我站在深秋的清晨倾听，山野流淌的韵味，一次次唯美“碧云天，黄叶地，秋色连波，波上寒烟翠”的画卷。

我会沉默，也会伸展双臂，想把秋声揽入我的心境花园。

听着，听着，生命中美好的一段日子悄然滑过，诗意的楸子树泛着嫣红，晕染童年的回忆。

记得在积石山县吹麻滩小学读二年级时，我作为插班生，从踏入校园的那天开始，到次年暑假之前的每一天，除了讨厌我后桌的男生，我很认真地喜欢着一切。

偌大的校园里，几位老师，不多的学生，静寂后沸腾的喧嚣和吵闹后空落的安静，与我的感觉很是契合，无论安静里的热闹还是热闹里的静寂，都让我莫名喜欢，那些喜欢与年龄有些不符。

校园里栽植的十几棵树几乎都是楸子树，我们教室前的六棵，树形好看，一字排开，像一道风景，吸引着师生的眼球。我一进校园，目光最先转向楸子树。看楸子叶红了没有，看楸子树是否与昨日所见一样稠密，找寻最初锁定的楸子果是否被偷摘了。我与方燕每天都会定时巡查，把对楸子树的喜欢一览无遗地显现。

方燕的家在县城一角，她与我交好的原因或许与我在姥姥家长大有关。因为她提起班里的女生，有时候咬牙切齿，言辞满是厌恶。我很惊讶，她则直言不讳，告诉我说她看不惯她们高高在上、装腔作势的样子。

我对方燕的愤怒表示赞成，起初会拉她跑到楸子树下安慰一两句，后来心里对她的愤怒有些不喜欢，她一提我会跟她说我表哥把楸子果挂在梁上的事。

楸子树不光吸引着我和方燕及一年级的学生，也令高年级的个别女生与我们一样，下课后跑到树下打闹、说话，或者蹲在树下，拿根树枝写字。写了抹掉重写，写的字很简单，不是写自己的名字就是学校的名字，或者是数字。

那六棵楸子树，树高五六米，粗细高矮相差无几，不知由谁侍弄，剪枝的手艺那样好。修剪匀称，宛如鸡腿菇，蹲得极为别致。操场上的楸子树也是，像复制的一般，树形很是好看。与村里长得七扭八拐的楸子树相比，我似乎明白了那些树结的楸子果不大、不红、不甜、不沙的原因。

为了证实目测结果，那六棵树一棵一棵都被方燕与我抱过好几次。每次，我们各自伸长臂膀圈住楸子树，然后比臂膀的长短来确定哪一棵大一些。比了很多次，也没比出个结果，就把楸子树分了。向东的三棵属于我，向西的三棵归方燕，还打赌谁的树结得楸子果多、结得大、结得好吃。

生长茂盛的楸子树，一点儿也不理睬我们俩一次次地占有。楸子果依旧藏在叶子后面，风一吹才羞羞地露脸。一天又一天，楸子果泛红了，在暗绿的树叶间晃动着，也调皮地对我们俩的垂涎故意躲来躲去。

日子在楸子叶的泛红和我们的等候里彻底醉了，醉成楸子叶的嫣红。

终于，有一天，校长发话了，摘了楸子果实，分给我们吃。

校长人真好，校长人大方，校长……

那些天校长红得发紫，被学生们私下里夸个不停。夸了好几天，我想他的耳根子该发烧，脸发烫，可是校长还是老样子，一点儿没变，还是矮个，还是小眼睛大嘴巴，不胖不瘦。

如今，我不记得校长是属于百家姓的哪个姓氏，长相更是模糊不清。记得那会儿，我们见了他躲不开时会战战兢兢又笑容可掬地问好。他则点点头答应，目光和脚步一样忙碌。

校长分配楸子果实的方式大家都喜欢，一个班一棵树，原则上各摘各，各分各，愿意两三个班合到一起摘、一起分也可以。剩下的几棵归学校。

我们班分到向东的一棵，也就是我与方燕分给自己的三棵中的一棵。我很得意，向方燕努嘴挤眼睛。方燕撇撇嘴，“哼哼”声只有我们俩听得见。

我们的班主任依照分配方式，选派班里机灵的男生上树去摘，又指定了两名女生负责捡拾掉落的楸子果实。

坐在我后位的男生也在被选之列。他一天尽拿女生开涮，讥笑奚落女生，谁也不怕，就怕方燕。我私下喊他呆瓜，实在是因为他可恨到极点，不是上课时踢我的凳子，就是动我的辫子，有时候还把我的书和作业本藏起来。我气得哭过好几次，虽然方燕帮我骂过、收拾过，我也向班主任告过状，还提出过调换座位的请求，但他还是一直坐在我的后位，整整两学期。

方燕说她与呆瓜是邻居，呆瓜很不幸，他的妈妈生他时难产去世了，他的爸爸在他四岁时也出车祸没了，他是爷爷奶奶带大的。

我当初还同情他，可是他一次次地欺负我，我那点儿同情荡然无存，觉得他活该，所以他摘楸子果实，我心里不大高兴。虽然不高兴，但是我控制不了自己把一半的目光给呆瓜，盼着他从树上掉下来。

呆瓜像猴子，噌噌几下就爬上树，手脚麻利地摘楸子果。

树下一片嚷嚷，都仰着脖颈望着楸子树，还对树上的男生指手画脚、大声喊叫，比画漏摘的楸子果，无比兴奋，一派热闹。

男生女生们的眼神被楸子树吸引，被树下一箱箱的楸子果吸引。

一些女生，左手放在衣兜不住地扣着兜，右手指指点点，双脚不时地来回蹭着。直勾勾的眼神里，写满了垂涎欲滴，一不小心，口水会流下来似的。

紫红紫红的楸子果，如鸽蛋大小，圆溜溜的挂在树梢，似乎等着被采摘。其实，由于楸子果较小，摘起来不似苹果或冬果梨，要费劲儿些。

我和方燕虽站得较远，但是呆瓜的一举一动没有逃过我们俩的眼睛。他一共上了两次树，第一次摘的全部放入了箱子，第二次摘时往怀里放的一把没有放入箱子。

在我全神贯注地看楸子果在树上渐渐减少时，呆瓜扔出的一颗楸子果向我飞来，砸在我的头上。我又羞又气，瞪他，他又丢来一颗，特别可恨，却也无可奈何，只有恶狠狠地又瞅又瞪，恨不得让他立即从树上跌下来摔个恶狗吃屎。

我与方燕看着男生上树摘楸子果，女生捡拾楸子果，很羡慕。班主任眼毒，能看出我一则算术无天分二则笨手笨脚成不了事，所以选人时尽管我胳膊举得很高、喊得声音很大也不选我。

等树上的楸子果几乎全部落入纸箱后，树上的男生"哧溜"窜下来，拍拍手上的土或是枝叶，满脸笑意，既得意又欢喜地向班主任汇报摘取情况，不时地瞅一眼纸箱里的楸子果。

那一刻，他们的脸比楸子果还红。我偷偷地看到，呆瓜的脸也红扑扑的。

摘楸子果的男生可以在一旁歇口气，班主任喊了几名数学好的男女生数箱子里的楸子果，数好后又计算每人可以分几颗，我们则排好队等着，心里火急火燎的。等分配方案出来后，由班主任和班长给我们分发：每人十五颗。班长说楸子果结得多，比一年级时多分了五颗。

分到楸子果后，男生一般都装进衣兜或者先吃一颗，磨磨蹭蹭地走着，不时转身向身后的同学炫耀。女生则小心地装进书包里又拿出一颗，先是放在鼻下闻闻，而后擦擦，再闻闻后才吃。

男生和女生的区别就是这么简单。或许，男人和女人的区别其实也很简单，对凡事就是像对待楸子果那么简单。

一颗颗楸子果，在校园里泛起酸酸甜甜的果香和美好，在心底埋下了快乐分享的伏笔。时至今日，那份香甜和美好依然令人怀念。

放学出了校园，我和方燕还说楸子果呢，我的头上轻轻地挨了一巴掌，我扭头要张口去骂时，呆瓜嬉笑着跑过身边朝我们俩傻笑，扔过来两颗楸子果。我一看，想起他二次上树摘的楸子果没有放入纸箱子，便大喊要把楸子果的事告诉老师。他不跑了，倒退着走，瞪我一眼，说是给他阿爷阿奶的，如果我要告诉老师的话尽管去告，他不怕，还骂我是告状婆。

我气得要哭了，但终究还是把眼泪憋回去了。方燕只是劝我不要生气，第一次没护着我与我一起骂呆瓜。

我想呆瓜与她是邻居，她偏向呆瓜，所以心里有些生气。

那天晚上，我想好了，第二天一到校就告诉班主任呆瓜藏了楸子果。我想到呆瓜被罚站或是挨批评，偷偷地笑了。

第二天一到教室，呆瓜已经坐在他的位子上，眉飞色舞地与几个男生说什么，还不时地笑着。我走到我的位子时，他们不说了。我撇撇嘴，心里骂呆瓜。但是我放书包时，我碰到了一个东西，摸了摸是果子，拿出来一看是冬果梨。我左右看看，在找谁给我放的冬果梨。没有人迎合我疑问和惊讶的目光，向后扫视时呆瓜突然低下了头，破例不看我，也不挑衅我。我只好把冬果梨放着，等着方燕来了拿给她看。

方燕来了，看到冬果梨，说不管谁给的，吃了就是。

因为冬果梨，我忘了告状，第一节课下了想着去找班主任，可终究没当告状婆，没去。又想了一下，觉得有些矛盾，呆瓜给他的阿爷阿奶拿楸子果也是好事，但是他完全可以把分给他的拿回家给阿爷阿奶，偷偷拿大家的就不对了。尽管心里矛盾，方燕也不撺掇我去告发呆瓜，只好作罢。

冬果梨让我和方燕吃了，没追究是谁给的。只是那天之后，呆瓜欺负我的次数多起来了，我对他恨得牙痒痒，想美美打他一顿才解气，奈何没有本事。我只能在一些愤恨里过着校园生活。

秋风萧瑟后的飞雪在我们读书的琅琅声和嬉闹里飞着，楸子树很安静，守着我们，看着我们，直到春风吹绿校园。

春天了，积石山顶依旧白雪皑皑时，楸子树打开了自己，不再沉默，枝头拧着的花苞一夜之间，或许是两天三夜后纷纷播报春的信息。

一树花白，引诱着蜜蜂和蚊蝇无比繁忙，风过，校园香甜袭人。

风不大，教室窗户不打开时尚好，反之，我被花香招惹得上课开小差。那些与李子花儿大小无异的白色花朵，即使在教室里看不清花瓣，我还是会偷偷地瞄几眼，或是趁老师在黑板上写字时纯粹扭头看上几秒钟。怕老师发现，心惊胆战的，但终究还是被发现了，挨了批评后也信誓旦旦地保证专心听讲不再开小差。然而那样的保证没两天，还是经受不了楸子花的诱惑，又因开小差而被罚站，即便站着，心里也惦记着那一树的白色花朵。

一下课，我和方燕会飞奔到楸子树下，仰头注目白色的花朵。我的鼻腔和肺腑弥漫着甜蜜的味道，“嘤嘤”的飞虫也不失时机地享受春天的甜蜜。我们会相互打趣，也会打赌谁的楸子树结的果多些。

十分钟的课间休息，若无特殊情况，我们几乎都要去楸子树下站一会儿，否则感觉空落落的。几日后，花儿一瓣、两瓣地开始零星飘落，我俩摊开手掌去接，或者追着被风吹向别处的一些花瓣。我们乐着、忙活着，即使无一朵花落在掌心，还是欢喜无比。

有次，方燕请假了，我一个人在树下晃悠。当我满心欢喜地摊开双手，忽而左忽而右，一会儿上一会儿下，等一瓣花的飘落，孰料，一只鸟儿“叽”的一声飞过，不等我有所反应，掌心便落下鸟屎，令我十分懊恼。

当时没有带纸的习惯，本想把鸟屎擦在楸子树上，可是偏偏上课铃响了，只有愤恨地跺两下脚，垂手跑进教室，生怕同学们看到，悄悄地撕了草稿纸擦掉。

尽管我很小心，结果还是被呆瓜看到了，他幸灾乐祸地笑着，喊着“鸟在李萍的手心里拉屎了”。

他一喊，同学们都转身看我，哄堂大笑。我的脸唰的一下红了，又羞又气，不知该说什么，只是转身狠狠地瞪了一眼呆瓜，才低头捂了耳朵把脸埋在臂弯，趴在课桌上哭了。那刻我特别恨呆瓜，恨不得拿针缝了他的嘴巴，可我胆小，只有暗暗发誓：若再与他说半句话就变成麻雀。同时，心里埋怨方燕请假请得不是时候，如果她在，她肯定会替我出气。老师走进了教室，我才擦了眼泪坐好……

楸子树是我在吹麻滩小学里所有的念想，欢喜与难堪，方燕一直在。不过，那天之后，我真的再也没有与呆瓜说过话。他找碴儿说话我也不理睬他，他揪我的辫子我也忍着。慢慢地，他不欺负我了，也不踢我的凳子，更不动我的辫子，也开始躲着我了。

暑假后，我转学了，自此再也没见过呆瓜与方燕。他们俩是我在吹麻滩小学唯一喜欢的女生和讨厌的男生，像扔入深井的石子，连一个声响都没听见就彻底消失了，再无任何交集的可能。

等我有心、有能力去探询我小学二年级的同窗时，我明知我会失望，还是努力去打听，纵然毫无音信，我也没有放弃。

十年前，我再次步入吹麻滩小学，哪里还有记忆可寻？与三十多年前的吹麻滩小学大相径庭，别说楸子树了无踪迹，便是那操场，都失了原先的宽阔，一切都变得与记忆中的毫无关联。

方燕不知嫁到哪里了，呆瓜更无消息。尽管我讨厌呆瓜，可是后来我得知那个冬果梨是呆瓜放的，呆瓜给他的阿爷阿奶拿楸子果的事班主任老师知道，同学们也知道。我对呆瓜的态度或许伤害了他，而我也再无向他道歉的任何机会和可能了。

怅然若失的郁郁寡欢，让我每每想到楸子树时会想起方燕和呆瓜，只是不记得他们的脸，一片模糊。

那些年，楸子树有点儿像主角，差不多与杏树比肩，几乎家家都有栽植，楸子树蛊惑的美在深秋那么好，只要走进一个村子，惹眼的是菜园子和房前屋后在树梢红丢丢的楸子果。

吹麻滩小学的校长，我的记忆里也搜索不到他的丁点儿信息，姓什么、叫什么、长什么样，一片空白，可是我想念过他，想念他当校长的那一年让楸子果横穿我的晨昏……

校园里的楸子树像小伙子，树形好看，姥姥家后院的那棵楸子树，似是将要步入知命之年的汉子，耐着性子守着两株年轻的李子树、一棵杏树、两棵樱桃树和一棵梨树，后来还有一株移植来的牡丹。

后院的春天远比任何一个季节美好，花满枝头，除了粉色的杏花，满眼拧着疙瘩的白，满耳的嗡嗡与嘤嘤，还有稠密的香甜，让后院热闹非凡。

暮春的午后，我盘腿坐在树下，一手笨拙地拿着针线，一手小心地捏着一颗颗早早离开枝头的青绿色的楸子果，学着乡下女人做鞋样的样子，专心地给自己串项链或是手链。地上堆放着一颗颗被精心挑选的楸子果，与挂在树梢的李子、杏子和梨的喜悦生长里，在我的专心致志里，一个怀旧又诗意的画面延展着，安静与甜美得令人不忍回忆。

那棵楸子树，少说也有几十年了，已忘记是谁栽的。或许是姥爷的父亲或是姥爷的爷爷或是姥姥栽植的，总之楸子树很高也很大，三人合抱才能圈住，春天开花结果，秋后守着后院，年年如此。

楸子果在秋天泛红了，在暗绿的树叶间随风晃动着，似故意躲来躲去。红红的楸子果，酸甜的，一般人下不了口，小孩子就不一样，尽管酸得牙都要倒掉了，却还是把衣兜装满了也不满足，还想在手里攥几个。

大人们是不怎么对红红的楸子果感兴趣的。他们总会把没有蹭破皮的楸子果，小心地装进篮子或是背篓里藏起来吊在房梁上，唯恐我们吃掉。到冬天，那就是不掏钱的药，即使不咳嗽，在太阳底下晒上一会儿，而后轻轻咬一口楸子果，滋味和感觉比现在的那些进口水果或是反季节的瓜果都醇香。

好多人不知道楸子树为何物。我从网上查到许多关于楸子树的解释，那些楸子木打造的家具色泽何等鲜亮，并不是我记忆里的楸子树，因为不曾听说过，也没有看到过哪些被砍挖的楸子树做成了家具，只是成了烧柴。我所能搜索到的关于楸子树最相近的便是宋惠洪的《过孜莫翁》中的诗句："幽径野花开旧菊，石床楸子下高杉。"还有李时珍的《本草纲目·果二·林檎》里的注解："林檎即柰之小而圆者。其味酢者，即楸子也。"

海棠果也好，林檎也罢，今日尤为珍贵，村里再无楸子树亦无楸子果，这些年都砍挖了，再无迹可寻。

一想到楸子果，酸甜且沙沙的味道在蔓延，像童年时光，今日回想起，何止是甜？

有些人和有些事，我不愿去想，因为只要提及，我像冬天没有离地的一秆向日葵，形影相吊，一脸倦容，即使打上腮红抹上胭脂，也无楸子果一点点的嫣红……

疾病的暗喻

关于死亡，尼采说：不尊重死亡的人，不懂得敬畏生命。

我应该是尊重死亡、敬畏生命的人，我怕疼、胆小，也不勇敢，若我体内的肌瘤在某一天转成癌症，某一天必须要面对死亡的话，我不想痛不欲生狼狈地离开人间，我不想千疮百孔、伤痕累累怨恨地与亲人作别。或许我做不到坦然，但是我拒绝疼痛之外的疼痛，我选择安乐死，我想有尊严地死去。

或许我的想法有些怪，但是我明白疾病的显示有暗喻，平日里的腰酸背痛、疲惫不堪，在某一天不堪重负而爆发，不仅仅是身体的劳累所致，更是与心情等诸多方面有关。人体的五脏与五行相对应，中医用五行的相生相克来解释生理病理上的肝火旺盛、脾胃虚寒等病症，不知是否可以理解为吃五谷生百病、生死有命。

这些年，我一直忙忙碌碌、乐此不疲地在人生的纪念册上划过青年，跳入中年，为更好的生活而努力时，我会想到疾病，想到死亡，想到不敢想的，我便努力做乐天派。当我活蹦乱跳如脱兔时，对于有些人的小心翼翼不屑一顾，总觉得太娇气，动辄去医院检查，一点点小毛病弄得动静极大，到头来劳累自己。

或许是儿时受姥姥观念影响太深，我总是不把小毛病放在心上，以抗衡小病小疼，咬牙坚持一下就过去了。

所以，抗衡是我对一般头疼感冒的态度，而且如果不是被放倒躺在床上起不来，连诊所都不去，又何谈去医院。

当然，有时候被病痛折磨得万般无奈时会瞎想办法。要么找大夫，要么自己到药店当大夫对症下药，不知是命硬还是一身正气，自己估摸着开的药还长脸，歪打正着两三天便好起来，剩下的药不吃了。如此反复，身体还算争气，除了迫不得已住了两三次院。

入了中年，感觉力不从心，病痛抗不过了，很疲惫，倦怠至极，但还是坚持每天的重复，今年似乎要与要不了命又彻底好不了的小毛病耗上了。中药、西药、打针、输液、艾灸等，都换着季节、换着医院、换着医生，一一垂爱。

有时难受得吃不下喝不下特别郁闷，见人快朵颐的情景或是场面，很是烦躁便莫名生气。其实不是莫名生气，而是因为见他们吃大餐，很受刺激，自己吃不成喝不成气不打一处来，就会对想吃什么或怎么吃饭的问候回应得冷漠。

住院时，有时不知什么邪恶心理作祟，居然对家人和亲友跑来跑去的探望关爱很享受，如被拐卖的孩子寻回后的欢喜，又像离家出走后饱受疾苦历经千难万险归家后的委屈，心安理得地享受被照顾、被宠爱。不过也就几天时间，超过五天就嫌烦，只要自己能做，倒水喝药什么的就自己动手。

夫君说我是闲不住的人，不知道安安静静地躺会儿，总是忙这忙那的。也是，我习惯了忙碌，风风火火地奔忙。

九月份出院后在家休息，姑姑们来看我，她们的担忧与电话里的一样，听夫君给她们讲述我在省城的军队医院住院的过程，满是怜惜。那些怜惜中一半是来自我所受的病痛折磨，一半是对夫君在医院照顾我吃苦受累的疼爱。

提及此次的住院，我的王子时时取笑我病急乱投医，说我把小病耽搁成大病。面对王子罗列的不知道关心自己的一大堆例子，我无言以对。

都说病来如山倒，我的王子放暑假在家的第十五天，我从下午离家的生龙活虎到归家的近乎奄奄一息，只有短短几小时。四点之前好好的，四点半左右开始头疼、腹痛、恶心、低烧、出汗，然后就是一阵发冷，难受得莫名其妙，我思谋着老毛病犯了，吃两片止痛片就没事了。殊不知吃了无济于事，推测得了肠胃性感冒，吃藿香正气丸会无碍。同事们穿着短袖，我却抱着臂膀冷得起了满身的鸡皮疙瘩。幸亏办公室有一件毛衫，便穿着毛衫坚持到下班，然后又去了药店，无视好多人对我长袍短褂的惊讶，买了藿香正气丸和蒲地蓝消炎片，打车回家。

硬是拖着灌了铅的身体爬上六楼，入家即刻喝药。王子去他叔叔家了，我没有开灯就躺下，在忽冷忽热的口干舌燥与昏昏沉沉中等王子回家给我倒杯水。王子回家迟了，他见我生病了，给我倒水，服侍我又喝了家里的药。我想多喝两样药，双管齐下好得快。王子学习、看电视、玩游戏到凌晨两点，按照前后喝药间隔至少四小时的标准给我喝药后睡了。

虽然喝了药，但是我的难受没有减轻，无法入睡，一直眼睁睁地挨到天亮，然后挣扎着起床，草草洗脸，想着自己去楼下的诊所打个感冒针和止痛针。出乎我的意料，王子已经起床，他便扶着我一起去了诊所，打了两针又回家躺下了。

诊所的大夫说是病毒性感冒，我心也死了，打电话请假。但特殊情况，下午有会。中午我又打了两针，打车赶到单位爬到会议室，感觉虚脱了。会上我脑子空白，趴在桌子上忍着一直到散会。领导让我回家休息，我被同事送到单位楼下，给我挡了出租车，我说了诊所地点后几乎瘫在车上。现在想想，我不知道是怎样挪到诊所的，然后又是怎样在诊所输液的。

王子来诊所时两瓶液体已入了我的身体，他守着我输完了剩下的两瓶液体。

回家，我已精疲力竭，依然难受。王子泡了方便面，我没胃口，但为了喝药吃了一点儿馍馍。本以为又打针、又输液、又吃药的，三管齐下应该会好转，可是那晚浑身酸疼，连脚指头都疼。一直翻来覆去在床上转圈到凌晨三点还是难受。王子的睡眼惺忪和迷茫，让我想给院子里的朋友打电话送我去医院，但怕打扰她没有打。又挨了半小时左右，王子说喊他的叔叔或是舅舅，必须送我去医院。我起初同意，后来觉得天快亮了，不能吓着他们，便一直忍着天亮，忍着到了上班时间，才与王子出了家门。

我高估了自己，以为有些事可以自己解决，比如生病去医院。老爷子之前打电话让我和王子与他们一起吃午饭，我答应了，没说我生病的事，不想让老爷子担心。

我实在去不了打车要十分钟路程的州医院而去了家附近的医院，我的王子挂号，陪我抽血，陪我做皮试，陪我量体温。最后在体温几近 39 度、重度感染的初诊下，以退烧消炎为由让我住院输液。我觉得一切都轻飘飘的，被王子扶到病房躺下，感觉灵魂出窍了，无法支配自己。昏沉中王子办好了住院手续，液体滴入我的血管时，我依旧飘飘然。

不知过了多久，迷糊中我被喊醒。是王子的奶奶，她是被王子喊来的。那会儿大概下午了，窗外雷雨交加，我无力睁眼说话，打了招呼闭眼。直到我退烧醒来，看到夫君在病房守着我，我也知道了自己迷迷糊糊睡了一天。

夫君说病房里的一位病人的家属告诉他，我家王子懂事，看我的样子病得重，发高烧说了好多的胡话。我听后，想到我家王子，心里暖暖的，也酸酸的。

那天的几瓶液体厉害，加上口服药，晚上感觉好一点了。但是从那天开始，便开启了我长达一个月的看病、住院、动手术的模式。

我身体一向不差，从来没想到感冒会折腾我数日。一连输液十二天，还辅以艾灸治疗，我像被鬼附身作怪一样，只要不动弹，一直躺着就好好的，可是走几步路的话胃疼加腹痛，时常疼得大汗淋漓。医生知我贲门有平滑肌瘤，建议我好些之后做胃镜，检查一下平滑肌瘤的长速，让我注意饮食，叮嘱我注意事项。

住院期间，疼痛没有改变，在医院好好的，出了病房就疼，每次疼得要掉眼泪。有次晚上疼得实在不知所措了，便让夫君以老人所言给我一番“治疗”。我以为不疼了，谁知老样子。夫君骂我欺负他，让他做那些无用的，我没辩解。

夫君请假十几天了，不好意思再请。他上班去了，我也暂停输液，依照大夫观察两天再定治疗方案。在家休息那几天，王子也吃不好，去他叔叔家蹭饭，我无胃口随便吃点儿。

夫君走的次日，我估计我的血压低了，从床上起来时一阵眩晕，然后就晕过去了。王子吓坏了，哭着喊着摇醒了我，那一刻，我觉得王子很可怜。高二的学生了，一米八的块头让他看上去稍显成熟，但是面对我生病，他哭得稀里哗啦。我安慰他，他却给老爷子打了电话，不一会儿，他们都来了。老爷子让小叔子拉我去省城的军队医院住院，他以为我们都是中年人了，能管好自己，哪知一个小小感冒引起的胃疼和腹痛都没治好，耽搁了自己。

我虽表态不去，但碍于老爷子的安排，心里不愿意，磨蹭也白搭，只好顺从，简单收拾，去省城住院。

那天开始，我又创造了在省城军队医院住院的传奇。

省城的军队医院我是较为熟悉的，一年前我家王子的奶奶住院，我守护了一周，熟悉医院的环境。

但是当我身份改变，作为一名要住院的病人，我没有足够的勇气诉说美好或面对，或许在安静、沉默中让掬得起的目光定格瞬间，或许在慌乱、忐忑中让雨滴一样湿漉漉的情愫滑过心尖，总之不可避免小忧伤和小惆怅。

我在用文字安慰自己：要让美丽的际遇并肩，路远也不疲倦，慢行一段又一段，一生的苦痛雾里赏花、悲喜交加，那么多春秋的良辰美景，纷纷扬扬一个承诺又一个承诺。为了那些承诺，我会让疾病的暗喻，让身体里的暗喻消失。

在消化内科要安营扎寨拔除病灶，我很在乎我的主治大夫，生怕是个冷面杀手或是彪形大汉。相反，令我高兴的是我的主治大夫叫杨永林，是一名研究生。他戴着眼镜，文绉绉的，一位很腼腆的医生，对病人态度好，说话柔柔的。当我在重症病房穿上病号服，我似乎不是自己了，忍受了那么多的疼痛，而杨大夫的态度让我觉得我在小题大做，他说我无大碍。

军队医院的医护人员与地方医院还是有区别的，在监护室与那些气若游丝的病人相比，我是好人。我的指甲被小护士剪掉了，小护士又给我倒水提醒我喝药，检查输液液体的快慢，照顾得很周到。

我留意了一下，杨大夫开的药液与我之前输的不一样。我躺在病床上发呆时，隔壁病床上的大姐安慰我。两三天后，我感觉好些了，疼痛减轻了一些。杨大夫带实习医生来查房，仔细但轻描淡写地说我的病情，说要全面检查一下。

隔壁大姐的主治大夫是位叫王维的医学博士，很年轻，言谈举止与杨大夫截然相反。他是军医，所以说话干脆利落，而且查房时对大姐的病情言说很随意，聊天似的。他叮嘱大姐要减重，必须要减掉三十斤，还要饮食清淡，不可吃肉，否则再入院就是大问题。

我听着王维博士查房时与大姐的对话，傻愣愣地盯着病房的一角，思谋大姐要减掉三十斤的巨大工程如何实施。

大姐告诉我她得的是急性胰腺炎，突然肚子疼，疼坏了，被拉到医院急诊后转科遇到王维值班，抢救及时，算是幸运的人。大姐说王维是个好大夫，虽然是博士，人也年轻，但是对病人从不摆架子。她说她来的那晚，王维帮护士给她擦手臂、拿便盆等。大姐说她当时特别感动，心存感谢却没有当着护士的面说出来，也没有夸赞，而是我入院的第三天，在她的液体输完了，才低声在我眼前夸赞。她本来好几天滴水未进，还压低声音说话，又说的是方言，我听明白几句时附和她点头或嗯嗯地应声，听不清也不明白时笑笑，也不追问。

我一边接受治疗一边做检查，四天后大姐转普通病房，我继续在监护室。

下胃镜、CT、B 超、心电图及小肠镜等，一项一项做检查，找病因。杨大夫查房，说我没大问题，好着呢。我纳闷，既然好着呢，我为何还疼呢?

纳闷之余，我依旧在监护室。后来，我也从监护室转到了普通病房，夫君也不用守在监护室外提心吊胆的，不用发短信或打电话问我疼不疼了。

我与大姐有缘，又在同一个普通病房接受治疗。她很健谈，所以聊来聊去可说的话多，每天不算煎熬。

那些检查要排队要预约，现在想想都可怕。我的小肠镜检查差不多做了四个多小时，夫君说我是最后一个推出检查室的，我被护士揪耳朵叫醒后又迷迷瞪瞪地睡着了；说当时检查室外的大厅里没人了，就我和他；说他如何把我抱到轮椅上，又如何推到病房抱上病床，中间还不停地喊我不让我睡着。我对于那些一概不知也无记忆。

有天早上科室主任带主治大夫查房，在我的病床前，主任说我的小肠镜检查结果出来了，可喜可贺没有肿瘤，说我好着呢。我听后尴尬地笑笑，不敢看那些大夫。他们不是硕士就是博士，都是高学历的大夫们，王维博士也在其中，杨永林大夫还简单向其他大夫说了我的情况。我木木地点头。

又过了几日，我可以不输液，杨永林大夫有事休假了，我成了陈志刚大夫的病人。陈大夫比杨大夫稍胖点儿，也是我们的老乡，他看上去严肃，还有点儿凶，实则不然，是位细致的大夫，也是研究生。

后来在病房楼道墙上的宣传栏里看到他们的介绍，想不到那层楼的大夫一个比一个厉害，不说别人，就杨、王、陈三人，各有擅长，且是省消化内科医师协会的主角。他们没有架子，没有端着自己，我欣赏他们。

那些日子，来看我的家人、朋友、同事颇多，我享受着他们的关爱。

我渐渐好起来，一些小毛病也检查出来了，三分之二的胆囊有问题，慢性阑尾炎，胃息肉、结肠息肉等。

有天晚上，看到监护室门前，一位老人垫着一块纸板坐着，神情哀伤，我心生怜惜，送了他两个六婶婶送来的煮玉米。他坐在那里无助、难过的眼神让我心里发酸。

第二天早上，我在楼道里溜达，见那老人还那样坐着，与夫君商量了一下，把老人喊到我们病房，给他倒了茶、热了一罐牛奶、拿出蛋糕让他作早点吃。

老人说他是靖远人，老伴儿得的是肝硬化，昨晚从靖远县医院转过来进了监护室。他头戴深蓝色的鸭舌帽，身穿中山服，我熟悉得再也不能熟悉的典型的农民穿着。他有些不好意思，先把牛奶喝了，吃了两个蛋糕，最后在我和夫君的谦让下，又吃了好几个，袋子里剩了三个就不吃了，说饱了，喝点水就好了。他吸溜地喝掉一点儿，夫君给他倒上，大概五六次之后，他说好了，再不喝了。

他再三言谢，最后搓着双手出了病房。那刻我的心很疼，尽管我有时候疯疯张张的，但是见不了农民在任何地方有无助的神情。因为我也是农民家的孩子，我的爷爷奶奶、姥姥姥爷、叔叔婶婶都是农民，我尽管有工作，可以写文、可以拉二胡、可以拍照片、可以写歌词，但是骨子里农民的骨气还在，所以我会难过，会有小情绪。

后来妹妹来了，再后来纠结要不要切掉胆囊等犹疑间，倒生了一些烦恼。没什么病，做了那么多的检查，兴师动众的，有点儿难为情。

我不想做手术，但是夫君最后与大夫沟通，听了老爷子和亲友们的建议，拍板做手术，于是由两位主治大夫衔接转科。然后就是上官建营成为我的主治大夫，给我动手术。

上官建营大夫是一名硕士，健谈，说话有条理，与病人交谈很有耐心，交代注意事项具体，一眼看去感觉是性情中人。他的助手李月胜大夫，说话有点儿慢但有点儿甜，应该是位不错的聊天对象。

两位大夫对转科的病人无一点儿怠慢，我的手术排在检查后第二天。这期间，他们与夫君的谈话等各方面都轻松，没有手术前家属签字时的惶恐。

就这样，上官建营大夫主刀，打了四个眼儿，腹腔镜先摘胆囊后切阑尾，手术做了四个多小时。我记得在麻醉前，听上官大夫说他肠胃不适，午饭不吃了，他要空一下。他还说早一天的一台手术七个多小时，凌晨四点才入睡，感觉有点儿乏。我听到“乏”字后就什么也不知道了。

我的手术很顺利，一切都好，皆大欢喜。

妹妹说当时我去医院那天，车子驶离小区时，我家王子的奶奶哭了，不住地擦眼泪，说怕我有个闪失。我听后，心里酸酸的，适才明白健康对于自己和家人有多重要。

手术之后再没见过消化科的大夫，王维大夫倒是见到了，他穿迷彩裤、军绿短袖，很精神。见到了他下午跑操的情景。热身运动之后，队列的跑操变成了自由跑，他跑得酣畅淋漓、气喘吁吁，他似乎跑出了军医的味道。我很是羡慕那些美女军医，也如王维的穿着，英姿勃勃与英姿飒爽匹配出男女军人的特质。

后来我就出院了，结束了住院。夫君被解放了，以前总是调侃我说我是“钢铁战士”时，我则不以为然。但那天他告诉姑姑们我被初诊为肠癌时，我有点儿意外，他压根儿没提起过我被疑为肠癌的事。

夫君说拍 CT 后怀疑我得的是肠癌，杨大夫让他不要告诉我，免得我心里有负担。而为了确诊，做了全身麻醉的小肠镜检查后打消了肠癌的诊断。

我问夫君当初为何不告诉我，他说没有必要，说检查出的病已经让你够受的，还说怀疑岂不是增加心理负担。

我当然明白夫君的心思和想法，其实他不知，对于生死我看得开，没有怕死的一面。只不过听他讲述我二十天内三次全身麻醉，两次检查一次做手术，且两次麻醉皆在三小时之上，我倒是傻眼了，居然佩服自己在手术室的淡然。

其实，如果我真得了肠癌，或许我会微笑着与大家说再见，或许会说明天一起去游山玩水后悄然离去，或许我怕生命的寂然，后悔没有珍视健康……

现在就继续做“钢铁战士”，像一朵花或是一只蜜蜂，或是一株草，认真地存活在这个人世间，与美丽的际遇并肩，路远也不疲倦，慢行一段又一段，一生的苦痛雾里赏花悲喜交加，那么多春秋的良辰美景，纷纷扬扬一个承诺又一个承诺。

第二辑　屋檐下的游走

温度与厚度

当我在清晨六点的风中仰望宝塔山，在七点的晨光里漫步杨家岭，在毛主席种过的菜地前驻足，我释然了。我曾经的向往、年少的愿望，在一次具有伟大意义的采风活动中实现了，我如愿以偿了，也坦然了。

当我一遍遍梳理走过的地方时，我又变得安静，昔日的浮躁不见了，剩下的是平静，内心的平静。

坐在车上，我不断回忆，也在揣摩自己，我曾经多么渴望在延安的窑洞里读书、听音乐、写作，累了坐在院子用二胡拉上一段《山丹丹花开红艳艳》，或者信步，或者仰望蓝天云朵，闭眼享受所有的美妙时光。

我感觉对延安窑洞的向往有些卑微，怕被笑话。我怕我对延安的向往仅限于那些细小的事物，却忽略革命根据地所秉持的荣光。

我曾经那般痴迷延安，那般向往宝塔山、杨家岭、枣园，可是我站在延安的街头，注目一些蹒跚的老人踽踽独行，我的兴奋呢？我的豪言壮语呢？我的所有的情愫又为何逃之夭夭了呢？

我有点儿茫然，在延安的街头，因为一些老人，“老陕北”大大从三十年前的记忆中弹出。

因为“老陕北”大大是陕北人，所以左邻右舍的人都叫他“老陕北”。他是小巷里唯一的退休老人，个矮，五官长得紧凑，操着一口方言，总站在巷口，两只手交叠在胸前，沉默地看来往的人。他好像无事可做，除了在巷口站着就是站着，不苟言笑。

我一点儿也不喜欢他，见他总是躲着。后来，听父母说他打过仗、闹过革命，是老革命。虽说看上去冷冰冰的，可是心好。因为父母的那些话，所以我老远见他，会叫他一声大大。

每次，我跟他打招呼，他总是嗯嗯地答应，我也不生气。当面见他了喊他大大，背后则学着大人的语气喊他“老陕北”。他或许知道我也喊他“老陕北”，但是每次见他喊他大大时他很高兴，笑着答应得满脸都是褶子。

“老陕北”自从得知我父母去过延安，去过宝塔山，去过杨家岭，所以来我们家的次数渐渐多起来，从站在院子里与父亲说几句无关痛痒的话，到坐到沙发上喝茶与父母聊一两个小时，他的话匣子被我父母打开了一般，特别喜欢说话。

有时候，作业写完得早，我会坐在屋檐下，听“老陕北”大大在屋里与父母说话。只要提到延安，他特别兴奋，滔滔不绝，说到高兴处，他说的有些话就听不懂了。革命老区，小米加步枪，三座大山，农业大生产……

因为提到延安，我特别有耐心，即便听不懂，也会耐着性子听下去。农业大生产、南梁精神、南泥湾、刘志丹等。

语文课上，课文《杨家岭的早晨》让我对延安的向往又加深了，杨家岭的早晨，一片金色的光芒。那是怎样的光芒啊？

“太阳刚刚升起……”

一遍遍的朗读中，我忽而成了毛主席身边的小八路军战士，忽而成了远处挑水浇菜苗的战士，满头大汗也喜形于色。

杨家岭的早晨让我憧憬，那金色的光芒让我向往。还有那我们家从来没有用过的瓢，都深深吸引着我。

因为那篇课文，一连几天，按捺不住，我便央求父亲，带我们去一次延安。父亲毫不犹豫，痛快答应，并振振有词：“一定会带你们去一次延安，去杨家岭，去枣园，去宝塔山，去了住窑洞；还要带你们吃饸饹面，吃豆面抿节，还有……”父亲说的语气坚定，仿佛第二天就带我们去。

父亲的承诺，让我向往去延安的热情超过去任何地方。

后来，“老陕北”大大见到我们话也多了，我们喊他大大的语气分明有着好感。星期天的傍晚，他会在巷口提了马扎站着，见到我们撑开马扎坐下，他给我们说他的老家，说窑洞，当然还会给我们讲小兵张嘎，讲冲锋枪，讲红军的故事，有些是我们课本上学过的。我们也不嫌他啰唆，让他讲，而缠着他讲得最多的是嘎子的故事。

羊肚子手巾、缩了裤脚的大裤裆裤子、长杆旱烟锅子、腰鼓、大秧歌、地瓜干（红薯干）、窝头、荞面……还有很多关于延安的故事，“老陕北”大大都讲给我们听。

记得“老陕北”大大有次从老家回来，给巷子里与他关系要好的人带了小米，我们家自然有，除了小米，还有红薯干。

“老陕北”大大来我们家的次数越来越多，得知我向往延安，说他以后回老家时一定带我去转转。其实明明知道“老陕北”大大说的是假话，我却偏偏当真。有时会问他，什么时候去他的老家？他说春天，后来说夏天，再后来说秋天，可是没有等到他说冬天时，他就过世了。

“老陕北”大大离开后，巷口少了什么似的，那种空落落的感觉很长一段时间后才淡去。

此后，“老陕北”大大从我们的生活里淡出了，但是我对延安的向往依然。

后来，再后来，父亲食言了，他一次也没带我们去延安，没有带我们姐弟三人中的任何一个人去过宝塔山、去过杨家岭、去过枣园，就早早离世，永远地离开了我们。

因为父亲的离世，关于延安的所有向往都被我隐藏。每每想起那些，心会疼。“老陕北”大大不会想到他的家乡在中国革命历史上的地理意义和政治意义，我的父亲也不会想到有一天我会以一个甘肃作家的身份参加“重走陕甘宁活动”，实现了我的念想，无论拜谒红色遗址、参观革命纪念馆，还是在延安、在华池、在志丹、在盐池完成灵魂的洗礼和升华，我都很认真。

从延安返回多日，我依旧沉浸在那些美好中。不惑之年，童年的向往已经成为记忆里珍贵的念想，或许因为那些执着的念想，便是我一直以来坚持写作的一个理由。

我是如此安慰自己，又是如此在生活里前行，在温度与厚度构建的温情中，许诺自己写的文章要温暖，要渐渐可爱，要沉淀岁月，把文字研磨得耐看……

泸定的黄昏

某天下午翻看用过的笔记本，翻着翻着，一片银杏叶从中掉落。我有点儿惊讶，捡起细看，虽然叶子已变黄变糙了，但茎秆细长、直挺，依然是很完整的一片银杏叶。

一手举着银杏叶，一手继续翻。一片，两片，笔记本里居然夹了十几片。那些叶子是我好几年前在泸定歇脚时捡的，因为喜欢，便特意夹在了当时带的笔记本里。

这几年，我们大西北的小城也栽植了银杏树，小城刘家峡就有。在秋风垂爱下，银杏树呈现的唯美无与伦比。片片金黄色的叶子，不规则的波浪叶线，线条优美，弯弯曲曲，尽显柔美之感，像是秋风刻意卷出来的。那一枚枚叶子，宛如一把把小小折扇，簇拥着枝干，别样的风姿，鹤立鸡群在诸多的树种间，满树尽带黄金甲的绝美吸引着路人的目光，被赞叹、被欣赏、被捡拾，甚至做成书签珍藏。

很多人与我一样喜欢银杏树在深秋炫出的金色富丽堂皇，我的喜欢纯粹是喜欢，殊不知银杏树象征着健康长寿、幸福吉祥，加之其寿命长，因此人们喜欢将它们栽植在庭院和街道。还有一种说辞，说银杏叶为对称的扇形，其叶子边缘分裂为二，而叶柄处又合并为一的奇特形状，有“调和的象征”，有“一和二”“阴和阳”“生和死”“春和秋”等万事万物对立统一的和谐特质寓意。

银杏树集医学、生物学、哲学等于一身，值得研究的那么多，我却浑然不知，真是羞愧，只是因为喜欢而喜欢，停留在喜欢的表象，毫无深层次的探知特质，即便在中年后的迟暮里安心静修，也是盲目的喜欢。

医学上把银杏树作为一种具有极高药用价值的古老树种，誉为神奇的医疗之树。有文字记载早在2.5亿多年前，银杏树已是生长最繁盛的植物之一，沧海变桑田，千亿年了，唯有银杏树依然保持着最原始的面貌，用独特的金黄色晕染着深秋。

初次被银杏树吸引，是六年前的盛夏，在广西冠岩休息处歇息，几棵树干笔直的银杏树，绿色的果实大小如大樱桃，叶子葱绿，我在树下绕了几圈，想着捡拾一颗果果，但是别说果果，连叶子都没拾得一片。

银杏的果实虽叫白果，实则不白，挂在枝头与橄榄果的绿色差不多，唯有秋天熟了，才转色呈乳黄色，叶子呈金黄色。

与我一样好奇的游人，也围着银杏树望着，绕着树转圈，一遍又一遍，一圈又一圈，转来转去，心心念念的，无非是想摘一枚绿色的白果，或者等候一枚果果的掉落。在树下转了好多圈，绿绿的白果牢牢地挂在枝梢，一颗也没掉下，即使我假装与家人比试臂力大小而用力摇晃树，也未能如愿。想摘一颗又碍于情面羞于动手，只好在悻悻然里空手遗憾地离开。

虽说遗憾，可细想，其实当初仅是好奇而已，摘了银杏果又能如何？还不是会扔掉？所以又释然了。

从广西回来后的几年里，无论是在电视还是在网上浏览到银杏林的美，总是被吸引，总是信誓旦旦一定要去腾冲的银杏林看个够。

生命中那些厚厚的美，那些美好的向往，也是伴随着一些遗憾的。我对银杏林的向往，渡过尘世的万水千山，在一个高岗上，想象重逢与相遇。

银杏林的美一直横亘在我的生活里，一直在。

2012年暮秋，为了享受深秋的美好，我与师父几人匆匆奔赴在川西线上。虽说康定与泸定两城之间相距也就五十多公里，但由于不熟悉路，又对沿途的景致关注较多，以至于走走停停，到达泸定已近傍晚。

路过泸定，定是要看看泸定桥的，但是因为不熟悉又没遇见路人，驶入泸定县城之后停在一座桥前，怎么看感觉都不是泸定桥，恰好近旁有宾馆，向总台服务员打听才知泸定桥还在前面。

泸定桥很安静，都在大渡河上，虽然此桥与彼桥相距不远，无人驻足，更别说站在桥前缅怀。

宾馆也安静，宾馆旁边一左一右的两棵银杏树也是安静的。

在我们停留的半小时里，旅游大巴载着游客到来，热闹那么几分钟后又归于平静。那些游客径直入了宾馆，居然无人看一眼银杏树，更无人向桥那边望望。不知那两棵高大的银杏树，每天每年是否都在面对那样淡漠的游客。

许是我多虑了，或许那些游客对银杏树已司空见惯，与我们熟视无睹的杨柳一样，银杏树对他们没有半点儿的吸引力。这样一想，也就不再疑惑。

无人留心银杏树，我一阵窃喜，虽走错了，但既来之则安之，便全身心地享受银杏树安静的美。

两棵银杏树，撑开巨大的伞盖，落日余晖下满树的金黄泛着光泽，那个美令人心醉，我不由自主仰头，一边望着一边挪步。

树下，落了零零星星的银杏。熟透的银杏就是白果，看去虽不及叶子的金黄，但是淡淡的乳黄色，也还是那么好看。两把藤椅，摆放在一个圆桌的两侧，无人落座的闲置看去空荡荡的有些孤寂，而我欢喜不已，感觉甚美。说不定那把藤椅在等候我的抵达，为我铺陈美的享受。

我总是爱狂想，于是落座的欣喜，一颗心有了安放之地，疲惫一扫而空。

尽管风尘仆仆，我依旧假装优雅，在暂时的安静里独享银杏树下的分分秒秒。无人打扰，特别惬意。

何谓优雅？于我而言，就是那样的落座，没有矜持，没有做作，让灵魂也歇在藤椅里，舒服而美好。抬眼，那饱满的金黄色，斑斓了目光，余晖斜斜地洒在银杏叶上，散发出柔美的光芒。

风儿轻柔，斜阳微凉。灿然、安静的银杏叶，触摸着我的灵感和我的抵达，我的静坐、沉思、仰望，贴切的高度，俯首可捡的诗意，这样的驻足何等的浪漫？我有点儿飘飘然了。

一枚白果掉落，居然没有声响。新鲜的果果，在那些掉落有些时日的果果中一眼就能找到。地上发蔫的白果，或许是昨天掉落的，或许更早，果皮皱巴巴的。我一点儿也不嫌弃它们是否发蔫，捡了一大把，放在圆桌上，很是好看。白色的藤椅，黄色的银杏果，我枣红色的毛衫和黑色牛仔裤，白黄红黑四色协调的搭配，恰到好处的美感，令自己难以置信……

据说银杏树生长三十多年后，才会挂果。不仅如此，银杏树还有雌雄之分，雄树直立挺拔叶密，多分叉的雌树白果累累。我眼前的两棵银杏树，就是夫妻树。

夫妻俩，一左一右，在四季的交替里，迎来送往晨昏，“泅渡”时光。几十年或一百年甚至几百年，抒写最贴切的爱与相伴。由此，银杏不仅是生物的“活化石”，在我看来，也是爱的“活化石”。

有文字说银杏树的花语是“坚韧与沉着”，代表着永恒的爱，或者说一生的守候。还有一段文字写道：“那扇形的银杏叶散发着某种古老而又神秘的清香，弥漫在整个字里行间，为浮躁的现代爱情添上一分深沉，并用心灵来卫护那象征着纯洁之情的白果树。”

不管是花语还是文字，银杏树如玫瑰一样，浓烈的真爱，被喜欢得没有理由。

我总是思绪抛锚，若不是师父说我掌心的白果颜色深浅不一，我的心思还信马由缰。回神注目，那些果果有的熟透而蹭破了皮，有的刚落地，指肚能感知到新鲜。不管如何，我是快乐的，在一方安静里，与金黄的银杏树一起分享泸定的黄昏，泸定的落日，泸定的美，那是大幸福。

我有些矫情了，又把几片银杏叶放入掌心把玩。那些叶子像一把把小扇子，扇面平整，匀称的线条轻快流畅，与折扇无二致的叶脉，点线面之间组合得那么完美。

必须要走了，我把白果留在了圆桌上，把叶子如数藏入笔记本中，权作对泸定黄昏的纪念。

斜阳渐渐隐退，我精致的情愫留在银杏树下，灵感的余温在藤椅上烙下离别。

路过泸定县，定是要看看泸定桥的，未料我在两棵银杏树下停留那么久，才去往泸定桥。

泸定县城感觉有些拥挤，当地人与游客一眼就能分清，两者间的匆忙与淡定，都在目光和步调里显现。

或许，之所以拥挤是因为泸定桥，凡是去泸定的人，都会去那座铁索桥，膜拜那闻名的辉光及英雄们飞夺泸定桥的壮举。

不管在桥上享受摇晃还是在桥头着装拍照，都是在泸定、在大渡河、在铁索桥上留下的珍贵又美好的回忆。

那一刻，我从笔记本里取出一片银杏叶，郑重其事地扔向大渡河，那片叶子带着我的尊敬与缅怀之情被风卷着去了。我们都熟知那些可爱的人在那个悲壮的故事里，用他们的血肉之躯抒写了伟大，用信念在十三根铁链上镌刻了鸿篇巨著，他们用坚韧与沉着诠释了对中华民族深沉的大爱。

我的目光随着远去的银杏叶，忽然觉得银杏的花语贴切又吻合，就是坚韧与沉着……

夕阳下，风的拂面有了些力度，之前在银杏树下的安然与一路而来的风尘仆仆被摈弃了。在泸定桥头，在大渡河边，我的灵魂被震撼，心被河水和风揉皱。我铭记了关于在泸定的点点滴滴，尤其是泸定桥撞击我心的疼痛，或许此后多年，我只能在回忆里寻觅泸定的银杏树、一座桥和一条河。

我沉默不语地离开泸定，唯有沉默，因为说半个字都是多余的。

与泸定的银杏树一别多年，记忆中的美好，一直藏在心底。深秋去腾冲看银杏林的计划，不知道多久之后才能实现，但心向往之的执念未变，哪怕白发苍苍，也定会追寻那艳丽的金黄，灿灿又澄澄的饱满与真实。

取舍很难，然而懂得更难。在一方美景里心醉，何尝不是乐事？可是，心醉之后呢？归复平静，日子就在沉淀的心情里反复。偶尔捡拾的一把时光，在书香里温润墨香，沉甸甸的美，不容置疑。

我一生的一些追求，如喜欢的银杏林，温润着我的内心，让我变得执着。

此时，摊在掌中的银杏叶，让时光的味道，慢慢入了记忆……

镇远之念

那年，五月，只身去镇远，是不得已的事。原本与友相约，各自出发，领略镇远古城的静美。孰料我一路风尘，在火车上长舒了口气，手机信息提示，友人不能来。起初心生不悦，片刻归于平静。从昆明上了火车，夜里睡得不踏实，生怕错过站，早起，收拾妥当，于八点抵达镇远。

出了镇远火车站，有点儿慌乱。仅凭那个火车站的规模，无法揣测镇远县城的大小。

天闷热，空气有点儿黏糊糊的。打车去了镇远古城。

在古城桥头下车，站在桥上，阳光刺眼，一江碧水，缓缓流着，不紧不慢。仰头，桥上的建筑临水而立，很旧，不高，挂满了红灯笼，有点儿干巴巴的红色。不过，远眺，甚美。

我像掉进河里的一尾鱼，张望间惶惶不安。

倒是惊诧，古城的牌坊修得颇为气派，只是，在牌坊前，看不出古城已有两千多年的历史，倒像是一个仿古小镇。

水，绿绿地流着，迎着游客的心情，还有高悬的骄阳。

一些店铺主人，懒洋洋的，并不殷勤，我的目光也不殷勤，扫一眼，掉头而过。

桥栏杆的石板上，雕刻着古人的诗词，总有驻足赏读的人。

一个紧接着一个的店铺，无须多言，就知道镇远旅游业的发达。多彩贵州，多彩镇远，吸引了与我一样远道而去的人。

天气晴好，一碗炒粉对付饥饿之后，和饭馆的老板娘聊了几句，改变计划，去金堡乡看看苗寨。喝完最后一口咖啡，即去汽车站，买票，上车。

十几座的小面包车，没有售票员，司机表情僵硬，有点儿像他手下的方向盘，到点出发了。

车上有几个空座，打手机的乘客叽里呱啦的，我一个字都没有听懂。倒是提着大包小包的喘气声都相似，我亦不例外，坐姿跟他们一样，只是目光满是好奇。

车出县城，起初还好，后来路况不好，车很颠簸，缘由是修路。

车窗外，绿色占满了视觉。那些植物，蓬勃的生长，繁茂的一片浓绿中，居然还有家乡八月份才盛开的大丽花。红色的花，花盘不大，茎秆细长，镶嵌在路旁的浓绿植物间，很是显眼。

还没有看够，车开始盘山，转来转去，蔓延的绿，让陌生一下有了亲近之感。

转来转去，视线渐渐平坦，一些插秧的人，在田里忙活。他们插秧的速度很快，我也是扫了一眼，车就过去了。

看到稻田，看到地里生长的烟叶，金堡乡也就不远了。不到一个小时，金堡乡到了，我是最后一个下的车。

其实，所有的乡镇最热闹的，就是集市那天。金堡乡也一样。我在集市上溜达，好生惊讶店铺的依次打开，居然还有人在漱口。看看时间，已过十点，或许是加夜班，睡得晚。他们的悠闲令我有点儿迷惑，因为那些开店的，基本都是外地人，至于金堡乡的苗家妹子或是阿婆，我没有碰见。

我是冲着金堡是个苗乡去的，尽管千户苗寨名气很大，我却固执地认为，陌生的地方自有陌生的细微处，出名的景致也有不起眼的一面。所以，不管不顾人家的疑惑，径自前往。

我很是失望，在那三岔路交汇的街道有些茫然，一条伸向寨子，一条通往县城，我抱着碰见一个苗寨的想法，一直向前走。

一只母鸡领着六只小鸡，在公路左侧，跑几步，走几步。母鸡在右侧，小鸡崽一律向左。逆行的小鸡们，有母鸡领着，自然不怕。一只落下的小鸡，唧唧叫着，摇摇摆摆跑几步，停两步。其余的小鸡们只顾向前走着，母鸡却掉头咯咯几声，并没有停下。

小鸡在我的眼前追赶着，我追寻之后也左右张望。一侧面山，一侧并不开阔。有所小学，附近还有几块水田，一些秧苗在水里扎根了，长得齐整。有几个水塘，大概是鱼塘，水面上漂着一层淡绿色的水生物。

我只能远望，不能近前。

走着看着望着，心里的失望愈加厉害。所有的乡村居然那般的相似，除了由于地域不同，生长的植物或是生活习性不同外，乡村的模式那般相似，就是在这千里外的镇远金堡，劳作的方式那般的一致，低头、躬身、弯腰，就是揩汗的姿势，也是一模一样的。他们左手拄着锄头，抬眼四望，而后扬起右手臂，揩去额头的汗珠，用衣衫揩脸，就是蹲坐的姿势也如出一辙。他们靠墙，或者在地头，吸口旱烟，那一吞一吐的烟雾，短一口长一口，让日子在苦累中渐次甜美。

田野诗意，稻田与我们大西北的麦田一样，还是一行行一块块，像棋盘上的格子，方方正正，也像横七竖八的公路，总有一条小径通向老家。不管是吊脚楼还是板房，家的温暖是一样的。

我居然有了一些感动，公路左侧，一个背篓晃了一下，随即，整个背篓都跃入眼底。一位白发的阿婆爬上来了，背篓里装着几个水泥袋，看她穿汉族衣服，疑心她不是苗族，也就没有搭理。

继续走，一个全木结构的板屋，堵住了我的张望。屋角有一个不大的菜地，长着一些油菜，长势还算不错。一些旧衣衫搭在几根木棍上，不像是拆洗的，倒像是扔掉的，一点儿也不齐整，似是没心搭无奈地随手扔到木棍上一般，看着三心二意的。

一条软皮管子，与另外一条相接，水还嗞嗞地冒着。一位苗族阿婆，低头用塑料袋缠绕软皮管子。我清清嗓子，一声“阿婆”打断了她绕管子的动作。她先抬头看了我一眼，而后起身，双手来回拍拍土，一点儿也不惊慌地看了看我，随后笑笑。

我认真打量。她额头的皱纹不多，估摸着六十岁左右，着海蓝色上衣，右大襟样式，右肋下一根带子松松地系着，一条黑色裤子，刚到脚踝处，一双塑料拖鞋，恰好托住裤脚。阿婆的花发头顶偏左绾了一个发髻，用银簪子束着，挨着头皮的发丝皆白，其余的还算黑，发梢还有一绺是古铜色，只是刘海向后的二指宽的一道头发脱落，尽管有发髻，但那一道很明显，只有稀疏的几根发丝。我琢磨了一会儿，才知那里几乎没有头发，是因为束了二指宽的发带。她颈项上吊着的布条上拴着三枚钥匙，布条已经发黄，看不出本色。

等我们彼此审视之后，我再打招呼，她也笑着说“你好”时，一口洁白整齐的牙齿，感觉与她极不相称。还好，我们相互凑合着努力听懂彼此的话语。

她说话时习惯打手势，我也注意到了她扬起的手腕上的银手镯。苗银很有名气的，苗族人也崇尚银子，只是她戴的苗银没有丁点儿的光泽，怕是下地干活，沾染了污垢，时日一长，有点儿暗淡，氧化了吧。不管怎么说，这位苗族阿婆很健谈，也很阳光。当我说出能否拍张照片时，她的脸上泛起一丝羞涩，一闪即逝，随即摸摸头发说梳一下头，换件衣服。对我摆摆手，退后几步，折身进了屋子。

门窗紧闭的屋子，木板黑漆漆的，一扇窗户的玻璃被绿色的物件堵着，我不知道她会换怎样的衣服。

我等她时，另一位更老且发丝皆白的阿婆，蹒跚着走来。她也穿着塑料拖鞋，裤装，褪色的蓝色大襟罩衫，头顶也绾着个发髻，也是斜着的。她脸上的皱纹深得跟她的白发一样。

沧桑、衰老，让人看一眼就心疼。与她素不相识，却有那样的感觉，该是她的苍老跟我姥姥在世时的一样吧？那眼际的皱纹，那额角刀刻的岁月，蕴含了多少的喜怒哀乐呢？

我依旧喊一声“阿婆”，她点点头，笑笑。她怯怯的眼神告诉我，那个笑容有点儿小心翼翼，有点儿不知所措，不像去换衣服的阿婆。

在我不知该说什么时，阿婆换好衣服出来了，头发重新梳过了，穿了一套苗服，浅蓝色的，人看上去精神，脸上放光，与方才的判若两人。

于是，在她与白发阿婆叽里呱啦后，两人站在菜地前，我给她们拍了合影，之后又单独拍了几张照片后，她邀请我去她家，一起吃午饭。我一口应承，跟着她们走进板房。

现在想想，我不知哪里来的勇气。

进门，房间里极暗，什么也看不清。阿婆拉亮灯后，在微弱的灯光下，那个说要做饭的地方杂乱不堪，冰箱、电磁炉，倒是各就各位，说明生活还算可以。只是一股腥味令我窒息，四处找寻，不知是挂着的腊肉还是散在四处的鞋子，我竭力忍着，谢绝了与她们一起吃午饭的提议，匆匆几眼，立即逃离。

出门，深呼吸，那新鲜的空气，那澄澈的天空，那绿油油的田野，还有那板屋，居然与我所见的格格不入。我一再谢绝她们的热情，只是坐在檐下，听她们给我讲述她们自己的故事。

从她们断断续续的普通话里，我一知半解地知道了，她们俩是妯娌，两人的老伴儿都不在了，日子过得平淡。年轻阿婆还好点儿，两个儿子在浙江打工，她由此也去过浙江，还在那里生活了两年，因为过不惯城市生活，带孙子回家了。

老阿婆没有子女，老伴儿走后，独自生活。

两位老人，谈及生活，脸上的表情有点儿无奈，但是片刻恢复聊天的状态，又给我讲述她们的日子。

我相信阿婆所言，因为她的举止言谈，表明她没有撒谎。在那样一个陌生的地方，我一坐就是两个小时。一个有儿子依靠，一个无依无靠，她们的往事，她们的艰辛，她们享受低保和老年金过日子的无奈，以及她们说到老得动弹不了的担忧，我的一声叹息，让她们俩同时抬眼看我。

我的一声叹息，囊括了许多。其实，相似的不仅是劳作的方式，还有更多，譬如年老，譬如空巢家庭的无奈，譬如老无所依的孤苦，幸好还有养老院，幸亏我们国家的养老政策那么好……

我起身，与她们别离时，给了她们各自二十元钱，尽管连我自己都羞涩自己的吝啬，可是那二十元，是我对她们的尊敬，对她们面对我的陌生给予的热情，尽管我拒绝了与她们一起吃饭，但是我在心底对她们有一份尊敬。

她们的年老，她们的微笑，她们的沧桑，她们的平易近人，她们的模样，与我的姥姥那般相似。

我有些没来由的惆怅，对两位阿婆挥挥手，返回了，头也没回地原路返回……

我有一万个理由喜欢丽江古城

二十多年前，我喜欢丽江古城，是看了一篇题为《被史学家誉为“活着的茶马古道重镇”》的文章，说丽江古城是迄今为止茶马古道上保存最为完好、古貌依旧的一座文化名城，被誉为“活着的茶马古道重镇”。因为那篇报道，我对丽江古城心向往之，很多年后，我如愿以偿，在丽江古城释放了我的喜欢，还有我的小惆怅和小忧伤。

那年夏天的黄昏时分，我们步入丽江古城。那一刻，我忽然想象我的王子一样连走带跑，想与他一样表达喜好，那样的想法一过大脑，我便是痴人了，把不可遏制的欢喜随心随性随意地尽情释放。

在此之前的那些年，丽江古城成为云南旅游热不可或缺的景点，我虽不是一名游客，但我对古城厚重的历史文化，“高原姑苏”和“东方威尼斯”的美誉，还有因何润东和孙俪主演的电视剧《一米阳光》而及的“一米阳光”酒吧有着极大的向往。那么多纷纷奔赴丽江古城的游客，不管是在古城遇见真爱而上演轰轰烈烈的爱情故事或是让爱情愈加浪漫，还是希望有一次突如其来的艳遇，他们的出游让我眼热，他们的追求让我对心有执念的人敬畏。

这些年来，我零零星星地去过一些古镇和古城，每个古镇与古城以独一无二的美吸引着我，即使去几次也不生厌，且每次都有不一样的感觉。然而对于丽江古城，我无法归纳也总结不出独一无二，无论是溪水两侧依依的杨柳和被岁月磨得全无棱角的青石板，还是琳琅满目古朴的店铺与林林总总的酒吧，又或者是纳西族人的东巴文及纳西民居的别具一格，任何一点都可以成为丽江古城的符号，成为喜欢古城的理由。

拥挤、嘈杂是所有旅游景点的特点，丽江古城也不例外。可是丽江古城于我是例外，那些喧嚣于我却有久违的宁静之感，有心平气和的坦然。

在丽江古城，在众多的客栈里，我们去了自由驿。丽江古城的自由驿比之有些城市的更雅致、更唯美。院子里的瓷瓶与瓷盆里的花花草草，古灵精怪的装饰品，都让我喜欢。一个客栈都这么唯美，可想而知古城是何等的曼妙。

我的王子选的榻榻米，我也喜欢。或许在丽江古城，“喜欢”一词是我所有的表达。

稍做歇息，我们便急不可待地出了客栈，开启了漫步古城的模式。

夜晚的丽江古城灯火辉煌，游人摩肩接踵。古街的店铺、民居与巷道，古色古香、古朴、古老得纯净又别致。街上随处可见的图案，或在牌匾与指路牌上，或刻在木雕、风铃、首饰等工艺品上，或绘在T恤衫和披肩上。如果看过连续剧《木府风云》或对纳西族有一点点了解的话，就知道那些图案便是被誉为“活着的象形文字”的纳西族文字——东巴文，一种图画的象形文字。

东巴文作为纳西族人自己创造的文字世代传承，那些见木画木、见石画石的珍贵文字，吸引着垂爱丽江古城的游客，对店铺里的物品因为有东巴文的装饰而惊讶、啧啧称赞、喜欢不已。

漫步在古城，脚底的五花条石光滑，店铺不时传出的悠扬音乐，都很走心。那些旋律入耳后，内心安静从容外，也有淡淡的忧伤。

在一家手鼓店前，围拥着许多游客，大小不一的手鼓让我和王子好奇，我们也成为围观的游客。一个年轻的小伙子，在店家姑娘的指点下，敲打出结结巴巴的鼓声，小伙子满意自己的敲打，请店家姑娘为其拍照留念，并买下了他敲打的手鼓。

在丽江古城，做生意都如此浪漫，没有讨价还价，没有市井上争论的面红耳赤，或许是丽江古城的特质。

又行几步，伴着手鼓的节奏，一段舒缓的音乐传来。我不由喜欢，便循声而去。

音乐带我在一家名为“东巴仓吉”的店前驻足聆听，王子已入店，我也成为不想购物的游客，成为“东巴仓吉”的顾客。

店里只有一位纳西族女孩，她在专注地击打着手鼓，悠扬的音乐与手鼓的节奏合拍得天衣无缝。女孩的沉静与店里极具个性的手工艺品浑然一体，王子东看看西瞧瞧，我生怕他不小心会打碎物品，轻声叮嘱不要乱动。

我不忍打扰女孩又不愿离去，偷偷看她。她看上去很年轻，应该不超过二十岁，但很老练，对于我的造访，她没有表现出热情，也没有对我家王子的好奇不悦，只是在我步入她的店时扫了我两眼，继续拍打着她的手鼓。她拍打手鼓的技法娴熟，没有一点儿拖泥带水。我和王子比画着学她的拍打，直到播放的那首乐曲结束，她才双手放在手鼓上看我们。或许我与王子满是羡慕的目光和歉意的微笑打动了她，在她的示意下我们坐到了她身旁学习，她拍打手鼓的手势和节奏，看似简单，实则不然，我与王子各自在一个她所指的手鼓上练习。王子聪颖，一会儿就练得有模有样，而我笨拙地拍打着，怎奈实在不成节奏也不着调，她见我忙乱地拍打出“咚咚咚”声，笑说多练几次就会了，不难。

见她笑了，我便请教播放的乐曲。她的嘴角微微上扬，头一偏，有点儿调皮又有点儿自豪地说那是她们的纳西古乐。

纳西古乐？很有感觉和韵味，真喜欢，真好听，真美！

我的赞美让女孩高兴，她让我多练习一会儿。于是，那些喜欢把我的实在与实诚的本性激发了，坐在那里欢快地既拍又打，练得很认真。她也极有耐心，反复教我，让我在她的手鼓上考量自己的艺术细胞。然后她又教王子略微难一点儿的手法。我则专心练习，直到听上去有些顺耳时，惬意笼罩了我，使我不由自主随音乐摇头晃脑，跟着节拍敲打。

我留意到她的店里还摆放着一些具有纳西族特色的工艺品，一些小挂件虽有点像鬼脸但是很漂亮，她说那是平安神，专门保佑人平安的。

我们似在聊天，有一搭没一搭，不像卖家与买家，反而是熟悉的陌生人。我注视那些具有东巴文化的艺术品时，敲打出错也不影响对手鼓的喜欢。二十分钟左右的练习后，一遍遍、一次次地拍打后，我拍打的有了节奏，分外欢喜，居然觉得那么动听，那么悦耳。那一刻，我似乎就是鼓手，把生活敲打得温婉又清脆。

我心安理得地在“东巴仓吉”整整待了半小时，跟着纳西女孩，也顺着自己内心的热情，倾心又满足地反复练习，直到击打的手掌微热乃至发红，才怀着一份说不清的留恋起身，而后在征得她的同意下，拍了一些店里工艺品的照片。

手鼓的声音虽有点儿单调，但古城满溢的《滴答》让手鼓在倾听中博得众多的喜欢，侃侃的《滴答》让其喜欢的人有喜欢的一万个理由，如我喜欢丽江古城也有一万个理由。

或许是纳西女孩教我们手鼓的认真吸引了路过的游客，或许是“东巴仓吉”的店名招来了游客，进店光顾的人渐渐多起来，还有一些少男少女或站或倚在门口听着，然后轻声询问手鼓的价格。我克制了买一张碟片的冲动，克制了买一个最小的手鼓带回家的冲动，但我没有忽略纳西女孩的感受，没有让“东巴仓吉”或有或无的期待落空，与王子一起给亲友选了一些平安神的挂件，还接受纳西女孩的建议买了钥匙挂件，而我也给自己置办了一个咖啡色的钱夹作为“东巴仓吉”的念想和对女孩的感谢。

离开“东巴仓吉”走了几步之后，在木府附近一处民居的花格窗边上看到“有点特长、有点闲、有点钱”“发呆免费”的字也是欢喜的，那些字既有吸引力又幽默得有情调，若在客栈为发呆而发呆，也是一种享受和情趣。

我在臆想，若有一天在丽江古城让灵魂休假，看东巴文，听纳西古乐，联想茶马古道上的一些故事，在纳西古乐里痴缠，在木府的阁楼上发呆，又是多么的惬意！

夜色里，一段现场演奏的旋律在悠扬，我牵着王子的小手去围观。

两个大男孩一个弹吉他，另外一个用手鼓伴奏，他们随节奏摇晃着身体，弹吉他的男孩边弹边唱，两人不时对视。吉他盒子里除了游客的打赏钱，还放着他们录制的唱片，那些唱片安静地面对着游客。他们很投入，有些人听得也很投入，我也把我的欣赏和赞许让王子放入，而后离开！

夜深了，古城街头人影依然。夫君寻来，又陪我们在古城的古街游走一番返回自由驿时，许多店铺准备打烊。月儿在林梢影影绰绰，不知是游客还是古城居民放的河灯，散漫地浮在河面上。流水潺潺，王子在夫君的肩头打鼾，我们俩的脚步与些许风声，在石板路上一片寂然。

我没有留恋一米阳光的酒吧，也未驻足咖啡馆。只在古街穿行，留住美好的分分秒秒，珍惜抵达的不易，即使是过客，也有深情可忆。

次日清早，又出去溜达，又用心丈量古城。古城诗意的小桥流水人家让所有人置身“不是江南，胜似江南”“人在画中，画在人间”的美景中。

晨光下，河水静流。早起的纳西老人，坐在街边的石阶上晒太阳，神闲气定，悠然自乐。买早点的一些主妇要么慢条斯理地走过，要么健步如飞慌慌张张，有些店铺开门准备营业，遛狗的人与狗都很欢喜……烟火人间的世态真实在古城也不落俗套，夜晚的灯红酒绿和喧嚣与浪漫一点儿无关。

我陷入沉思，我的一生是风看不懂的文字，而丽江古城原本就是一本看不懂的文字写的诗歌，其诗意与内涵都凌驾于所有的情感之上。

微风拂面，我心沉静，默默地享受暖暖的一米阳光。那一瞬间，我忘记了遥远，也忘记了我二十多年的向往，更忘记了离开……

几日后，在香格里拉的自由驿，王子戴着乌黑的假发，在客栈的院子里，敲响了汉斯的手鼓，一串又一串的“咚咚咚”声吸引着我，我也拍打着手鼓。然而，我没有了在“东巴仓吉”练习的感觉，想必那些喜欢失落在丽江古城的窄巷和石板路的风中了。

好几年过去了，我依然念念不忘丽江古城，不忘月夜，不忘东巴文与纳西古乐，不忘古街古巷古屋的古色古香与古朴，想到一位哲人说的也释然了，他说：“人这一生，便是不停地出走，却又不停地渴望回归，渴望回到最初那安宁的心灵的家。”

或许，于我而言，那年我的心走失在丽江古城，情有可原！

或许，上一世我穿行在丽江古城，一生给马帮洒扫喂马，这一世虽生长在大西北，心灵之家却在南国，在丽江古城的井巷……

北海之北

北海之北，因为有相交多年却未谋面的朋友，我也向往北海银滩，向往在沙滩上奔跑，向往踏浪而行的分分秒秒，向往捡拾贝壳，向往海风拂面的舒爽。

因为累积的向往，那年盛夏与家人走向北海。

驾车从大西北到西南，一路走走停停，孩子们的目光被风物吸引。稻田、香蕉林、菠萝田，我也沉浸在行走的美好中，逐一记录陌生的好奇与新鲜。

炽热中越过一个又一个城市，越过山丘，越过原野，最后在气喘吁吁的风中别过南宁高速路边浓绿的甘蔗田，风尘仆仆地跃入北海的心海。

北海以毛毛雨迎接我们的抵达，路上的疲惫和挥汗如雨被温润所洗滤，雨滴落在身上很是舒服，柔柔的。街头撑伞之人寥寥无几，我原本喜欢在微雨中不带伞漫步，到北海遇到雨，正合我意，所以在街头溜达，左看右瞧，把陌生扔给陌生。

在宾馆略略休息之时，雨也停了，不多时，艳阳高照，孩子们按捺不住对海的热切，催着喊着使我们奔向银滩。

在街头，就体悟到海风拂面的清爽，加之雨后空气清新，沁人心脾的风令出行惬意。出城不久，热切的目光被蔚蓝色的海水，还有绵长的海岸线所吸引。随着银滩的靠近，侧耳细听，海浪的喃喃细语穿过风的隐约，伴随着或深或浅的呼喊声，难抑欢喜与狂热，兴奋地与孩子们一起欢呼。

在银滩举目，海面宽阔，不见渔舟，海天一色，紧密相连，无边无际，浩瀚无垠，无比壮美。

海滩上激情饱满的游人在聒噪着，大海敞开热情的怀抱接纳着天南海北的欢喜，一声高过一声的海浪奏响着欢迎曲。

银滩的沙子绵软，都是黄沙，踩上去松软无比，极为舒服，脚板的痒痒居然与儿时偷偷跑到河边挽起裤脚拎着鞋子在河滩上走来走去的感觉那般一致，心阵阵悸动。很早就对水和沙粒垂爱，尽管在河滩上的行走与海滩有区别，可是喜欢之感如出一辙。朵朵浪花顽皮地撞击着岸边，一浪翻过一浪，我没有即刻下海，而是一步一步、一点一点地感知。

在海水里，欢喜伴着海风漫过来，海浪一次又一次卷来，我先在浅水区和孩子们玩水。裙裾湿了，海水也不时飞溅，我没有涂抹防晒品，正午的阳光晒得肌肤灼痛，海风的吹拂却很宜人，那会儿即使晒成非洲人也是心甘情愿的！

海滩上的阳伞像一颗颗蘑菇，伞下没有影片里的美女或帅哥享受日光浴，只有那些做快艇生意的人，还有一些下海累了的人，坐在那里歇息。

海浪涌来，我放声大喊：啊——啊——啊！

我发自肺腑又真实自然的喊叫，引来一些人扭头看我一眼而后投入海中，拽着游泳圈贪恋与海水亲近的分秒。

海水一浪一浪，没过我的膝盖，而后渐次升高，像许多快乐的事和开心的瞬间，漫过我的心海时毫不张扬。

这么多年里，我不曾穿过裙子，却无数次地幻想过穿着波西米亚长裙在海滩上漫步的浪漫，海风时而轻柔，时而调皮，忽而吹乱我的头发，忽而卷起我的裙角，飘逸的唯美深深地感动自我。

此时，幻想成为现实，虽穿的不是波西米亚长裙，但在刹那间找到了那种感觉。海风尽情地吹拂着我的脸颊和发丝，思绪也被咸涩的海水洗礼着，那条牛仔蓝的裙子也为我撑开了一个美的空间。

我感受着海水的威力，也感悟着心在水中央的柔美。海水随着海浪，不断地融化我，直至我的头发都湿漉漉的，短袖顷刻间也湿了，贴着我的身体，让我更从容地与大海亲近。

我有些癫狂了，再度大喊，放声大笑，开心至极。

我不会游泳，旱鸭子一个，夫君在黄河里游过泳，尽管动作不雅，还算会水。他游得很尽兴，向海水深处挪移，无视眼馋的我在那里放声大笑或艳羡地张望。风起时，浪大了，我的欢呼声也大了。

夫君或许被我的笑感染了，他游向我。我傻笑着，愣愣地转身，一改面向大海为背向大海，背对着海风和海浪，向海的深处漂去。我的裙子漂起来了，像朵素雅的花，在我的眼前散开。在夫君双臂的牵引和托举下，我的身体随着海浪也漂起来了。涌来的海浪，让我随其向前漂一点儿，之后又后退一下，继而再随之行进，到最后，我是浮在水里了，自己的脚尖都看得一清二楚。海水已在颈部，但丝毫没有难受之感，相反，一浮一沉间，别说我的身体在水中央，灵魂亦是。

那么美的天，那么美的云，那么美的海，那么美的一切，连我自己个儿都感觉变得有点儿好看了。

北海之北，西北之西，海风吹着吹着，穿过了我的全世界！

四月的甘南

四月的甘南大地，没有想象中的草长莺飞。走动的牛羊，拴在帐篷外藏獒的狂吠，还有女主人忙碌的身影，远了近了，随着车行的方向，与帐篷一样闪现。

除了风，除了旋绕的鹰，除了偶尔传来的歌声，草原是安静的。

记忆里的那天，从青海的尖扎县步入甘南大地。天阴，无阳光，云层压得极低，雨要随时到来。风大，不敢摇下车窗玻璃，却又不甘心，试着摇下二指宽的缝隙，头发狂飞乱舞，索性下车让风穿透。

风的张力令我裹紧衣领，缩着脖子，吸溜着风寄予的喘息，头发狂舞很合我意，豁然开朗的思绪也在四月的甘南里狂舞。

我假装阳光刺眼，以仰望的姿势感知四月的甘南。闭眼，伸展双臂，在意念里拥抱蓝天和阳光，还有云朵。片刻后，才睁眼找寻天穹里的精灵。

一只苍鹰，一只也许俯视我这些年来长途跋涉之后依然舍不得甘南的鹰，盘旋，继而俯冲，又冲入云霄。

目送鹰的抵达和远去，我也体谅自己的一些言谈举止。当国内的文友把我当作甘南人时，我会说我是从甘南草原的隔壁顺着牛羊的目光，一路走走停停，穿过草原，越过山河，贴着甘南的标签，是一个浪人。所以，我的步子里温热着甘南的草光，缕缕闪烁着甘南的美好。

我突然感到心安，突然变得安静。安静得有点儿心慌，安静得有点儿感动，安静得有点儿想哭。

很多次行走在甘南，我不止一次的热泪盈眶，也不止一次的泪流满面。我不想让那些羊儿看到我的尴尬，我的担心是多余的，它们在专注地走走停停，专注地吃草，一点儿也不慌乱。我不确定，我也不敢确定，是风还是草或是神让羊儿如此淡定。

后来，读到一些作家的散文后，那些寥寥数语的文字诠释了我的疑惑或者很多人的疑惑。那些文字说甘南的羊是见过世面的，因为著名诗人阿信老师的诗句多次写过甘南的羊，让甘南的羊上过《诗刊》《人民文学》，还获过奖。

至此，豁然开朗，也释然甘南的羊在任何时候都是安之若素的，它们有资本允许自己处乱不惊。因为除了阿信老师，还有桑子，还有李城，还有完玛央金，还有扎西才让，还有牧风，还有小忠，还有花盛，还有阿垅，还有瘦水，还有王朝霞，还有素心，还有安少龙，还有张大勇，还有更多让甘南的羊风风光光的作家和诗人，甘南的羊应该见过世面。

突然羡慕甘南的羊，玛曲、甘加草原的羊，它们又在福地的福地之上。藏族朋友阿万仓的叶佳木大叔家的牧场，让我这些年念念不忘，他家的夏牧场和冬牧场，季节的对白在羊儿的目光里。那年大叔的小儿子西道加骑着摩托车载我在他们家的冬牧场上驰骋，草儿没过膝盖，我坐在摩托车上，任风吹乱发丝，任风灌饱我兴奋的笑声。摩托车所过之处，一行斜线画在草地深处。

那时不懂心疼草，所以不知那些轮胎和疯张压倒的十万株草疼不疼，叶佳木大叔疼不疼。后来提及，大叔哈哈大笑，说没（读mó）事，一夜之后，都是老样子。

与叶佳木大叔一家人的相识很有意思，西道加住院时与我夫君在一个病房，我们会给他们礼让吃的东西，几天下来混熟了，西道加出院时大叔把一张面值二十元的人民币双手给夫君，说以后做朋友。夫君欣然接了，并让我买了水果做回礼。自此开始交往，大叔的女儿出嫁我们前去参加婚礼，在我的首部散文集的发行仪式上，大叔和阿姐（大叔续娶的老婆）都来祝贺，还在没有预先告诉我的情形下为我们献哈达祝福。之后的之后，一直没有中断来往，十多年了，关系如草原上的牛粪，一直新鲜，一直冒着热气。

大叔的孩子们很尊重我们，每次去都是恭敬有加，我们也倍加珍惜这份友情，用心呵护。

大叔和阿姐一直在玛曲县郊的易地搬迁点居住，阿姐送孙子孙女上学、做饭洗衣，大叔则在某一单位当守门人，还顺带做点儿小买卖。孩子们放暑假了，自然要回到乡下，所以大叔会打电话给夫君，说他们要去阿万仓，让我们有空去浪一圈。

浪一圈！就是浪一圈，住帐篷、喝奶茶、吃糌粑，呼吸牧场的青草味，听听狗儿的狂吠，拍拍马儿的背看看牙口，骑着最喜欢的马儿来一番巡查，要多滋润就有多滋润。

我在大叔的滋润里滋润着，无论是坐在帐篷里喝奶茶、吃糌粑，还是站在帐篷外顺着阿姐手指的方向，把她家的牧场当作我的牧场，一一梳理那些灵动的牛羊和马儿。

大叔三儿子家的藏獒，很是凶猛，狂叫不已，但是两三小时后，它不再那样凶狠，叫声软和了许多，犹如阿姐的酥油在温热里化开了。

加白是大叔的老二，大叔说加白的媳妇最能干又能吃苦。我们去时她已经准备好了一切，还骑马给我家王子从牧场赶回小马驹，扶着他骑马。她很腼腆，笑得很羞涩，没有正眼看我，直到我们离开时，她才挥手，定定地望着我……

大家都说甘南最好的时节在七八月份，我却不觉得。十二个月的甘南，我都走过，我都喜欢，飞雪飘飘或是细雨霏霏。

……

四月的草原，隐约着荒芜，草尖上挂着去年盛夏的旺盛，与草根隐隐的绿遥相呼应，视野里渗透草儿的暖黄，看上去酷似深秋的衰草，在牛羊的闲散里，讲述又一个鲜嫩的草原和又一茬翩翩而来的明媚。

草儿长得壮实，茎秆极高。其实一点儿也不奇怪，休养生息了一个冬天的草原，草尖摇曳的暖在牛羊的鼻尖，壮实是草原的本色。

情愿一切是壮实的，不愿看到任何的瘦。草若瘦了，哪有缘分与草原相见。

我有理由也有底气相信，十万头牦牛和一百万只羊，它们有隐隐可闻的欢喜，陌生人或许会对此有点儿疑惑，而我相信那些欢喜是稠密的。我相信的理由是叶住木大叔、西道加和加白媳妇传递的，还有更多的藏族朋友邮寄的。我的底气也是甘南传递的，是草原的风和那些诗句满心欢喜发送的。

思绪在策马奔腾，回忆之门久久无法关闭，我的心思在驰骋，在激越。不得不承认，我的前生是在草原上叠加的今生。大概，我去之前或是我去过后，寂寂走远的是我的背影。

草原闻到春天的味道后，一窜一窜的春色，率先被蒲公英所俘获，打开尘封的冬，用一抹明黄炫亮草原。

这就是四月的甘南，这就是四月的草原，这就是我无法舍弃的情愫。

那些听得见自己心跳，扑腾的还有灵魂与草原的私语，若有若无，飘荡在空旷。我任凭风一次次地扯远我的回忆，一次次地拽回我的思绪。

忽然想高歌，忽然想变成挤奶的卓玛，忽然想背水，弯腰躬身的谦卑，满是对草原恭敬的表达，对爱的表达。

遗憾常常伴随着喜悦和忧伤，有时候想听到一句牧歌，哪怕一句都很奢侈，因为不是所有的愿望都会实现的……

过山梁时，风呼啦啦吹过来，车窗玻璃前飞来了纸片，细看，那不是纸片，而是风马。

五彩经幡扑啦啦出的空间里，撒风马（藏族人也叫撒龙达）的虔诚，水墨一样洇开，心突然间会纯洁。

因为喜欢，因为被迷惑，会向着草原迎风而站，路人的欢喜都被我囊括，那些熟悉的常常入梦的景致腾跃我的喜欢，一点儿也不嫌弃我。

一摞摞的牛粪，有棱有角出冬窝子[①]所收藏的人生，在牛粪垛的守望里，殷实丰盈。

桑烟袅袅，凡是有牛羊的草原，晨昏在延展日子的幸福。

甘加草原魅惑我们停留驻足后，在八角古城隐隐的召唤里，驶入古城，在村口停留，目睹一场盛事。

男人女人的笑声绕住了我的步调，我靠着一截土墙成陌生的观众，听陌生的笑，注目陌生的场景。

他们在打墙板。我数了数，五十多人，男男女女都是年轻人，只有一两位中年人。打墙板还是要有眼力、眼功和有经验的人，有中年人一点儿也不奇怪。墙快打好了，估计只差正在打的那一墙板，只要那一墙板打上去，应该就完工了。

我们的入城，惊扰了他们。他们都看我，我有点儿慌乱，但打墙板是我熟悉的事，所以片刻的慌乱后，我站在那段他们合力往上扔土的中间，像一把插在土里的铁锨，等着主人再度握在手里，把那些土块欢快地扔上去。

---

① 冬窝子：指游牧地区为过冬所选择的场所，一般选在环形山谷或盆地等。

他们停下手中的活休息，站在墙板夯道里的男人，蹲在那里吸烟，俯视我。

我一点儿也不陌生打墙的每个步骤，所以很快与他们拉起家常。戴围巾穿藏袍的卓玛和扎西，戴着遮阳帽的兰妮和银花，他们是村里的主宰者，他们的父辈是八角城的子民，如同叶佳木大叔家牧场上的草，不管风如何吹，一盏灯一直亮在心底。

风大，我的发丝依旧乱舞。他们歇息片刻，顶风，铲起一铁锨土，一下扔上去了，臂膀甩出的有力和淡然，应该是青稞、麦子与豌豆混合出的无数个炊烟袅袅的日子。

我接过拉姆递给我的铁锨，在她努嘴的鼓励和示意下，我铲了一铁锨土，左腿抵住铁锨把，目视墙板高处，全力向上扔土。

哈哈哈，哈哈哈，在清脆的哈哈大笑声里，我也尴尬地笑笑，那半铁锨土没上扬到墙板的一半，全部落在我的眼前。我不甘心，在他们的笑声里，又是一下。

我没想到我的臂力让我尴尬，只好讪笑着抖掉落在身上的土，像加白媳妇打酥油时我帮了倒忙一样，笑得难为情。拉姆拿过铁锨，满满一铁锨土，稳稳地送上去了。我向拉姆竖起大拇指，她笑了，露出的牙齿那么齐整，那么白。

站在墙上的扎西，握着杵头，一下，一下，把乘着风向高处弹跳的土，一下，一下，不仅砸瓷实了，也夯实我一个过客眼眸里溢出的惊叹。

他们是达人，是草原村落里的达人，甘南的达人。这些达人，长久以来，伴着风，藏族和汉族共同圈住甘加的每一个晨昏和午后，凸显出八角城别样的纷繁，还有甘南纯粹的春天，一个哐当哐当作响的春天……

离开八角城，离开四月的甘南，我又沉入一如既往的生活。然后又是一个季节的奔赴和拜谒，竟也渐渐习惯这样的游走！

有个地方叫诺木洪

一

对诺木洪的所有信息，最初来自于一位热情的周姓领导，我与他相识二十多年，他既是领导又是朋友。他说去诺木洪农场种植枸杞脱贫致富的东乡人多，说诺木洪农场由此吸引了天南海北的人。

我听闻后，好奇诺木洪农场的枸杞地是否像临夏北塬上的玉米地？是否像东乡人家家户户种的洋芋地？是否又如新疆大片大片的油葵田或者东北的黄豆地？是否也与河西走廊的杨树一样有一番别样的景致？

我的好多好奇产生之后的九月中旬，一次特别的采访让我步入诺木洪农场。

那天到西宁市已是下午三点半，没有停留，在西宁杨主任的陪同下匆匆前往。从西宁市到都兰县，沿途的风景别有韵味，茫茫的戈壁滩上，沙石和零星的土包及骆驼刺等沙漠专属植物、悠闲的骆驼和羊儿，与过县城不久后的大片麦田，形成了鲜明的对比。

一路颠簸，一路如急吼吼的风，我们困倦之余在都兰县歇脚，次日上午十点到的诺木洪农场。

广告牌上的“原生枸杞的故乡，红色产业的龙头”字样很鼓舞人，车子驶入农场，目力所及之处既像麦田又像葵花田的一块块地里，生长着的绿色植物就是枸杞树，那些枸杞树上绿中泛红的红枸杞走近才能看清，而路旁树身小的，便是野生的黑枸杞。

我显得有点儿紧张，就像与朋友的久别重逢，欢喜之情难以言喻。尽管我的比喻有点儿不恰当，可是那会儿的心情的确是那样。

当我看到那些枸杞树，看到那些摘红果果的人时，我也感到兴奋。或许，昆仑山的雪水，为诺木洪枸杞的扬名，赋予了大爱。

杨主任说诺木洪农场现有耕地十万亩左右，近十年来，各地的农民，一批接一批赶到农场，承包土地、安家、种植枸杞、采摘枸杞。严酷的自然环境，使来到农场的人更加勤劳和勇敢。农场很大，分为好几个大队，一个大队与另一个大队相距几十公里。所以，如果没有特殊情况，老乡们极少联系。

杨主任那样一介绍，我对在诺木洪农场耕作的人心怀敬畏，他们就像一只只鸿雁，一到枸杞成熟的时节，纷纷离家赶赴，近两个月的采摘期一结束，又南飞，归家。

骄阳下，大片大片的枸杞地成了景致，与丛生的沙棘林相映成趣。随意走入一块枸杞地，那红艳艳的小果果，挂在枝梢，娇艳欲滴。我忍不住摘了几颗入口，新鲜的枸杞水分足，很甜。又摘了一捧，杵在地里吃掉。纯粹的甜，腻腻的甜，比吃糖还过瘾。不过，不敢多吃，害怕上火流鼻血。枸杞地的主人说，最早到农场摘枸杞的人，边摘边吃，吃得太多都流鼻血。他们也不阻挡，说一棵树能摘十几斤枸杞，只要自己受得了，那么多的枸杞，能吃掉多少？我戏谑说我吃了好多，占了便宜。他则以“粮食成了，雀儿能吃多少”来暗喻他的收成。也是，雀儿能吃多少呢？

看到那么多的枸杞果果还在枝头，而树下掉落的已经发蔫，虽有些可惜，但也理解枸杞地主人舍得的心情。他们都很聪明，如果在意掉落的那些，就是捡了芝麻丢了西瓜，树上绿的枸杞二十多天就成熟了，那才是大钱。

极目四望，地边一些树的叶子发黄，明示农场的秋天就要来临，虽说阳光猛烈，但季节越过了夏的门槛，往日的火辣也减了几分威势。那些高大的杨树，年复一年，注目着枸杞地，也注目着种植者和采摘者。

杨树、云朵和风，该是证人，见证了农场从最早开始承包土地种植枸杞那刻起的一切。

二

骄阳似火的炙热里，风也是热的，我们的话题都是枸杞。

连成一片的枸杞地，一片就是几十亩，一块地至少也在十几亩左右。与仅有几亩薄田相比，农场富得流油，那么多的地种枸杞，别说对农民的诱惑巨大，于我也一样极具吸引力。

站在一块地边歇息了片刻，向我们走来一位看似摘枸杞的人。虽说不识，但寒暄了几句，才知他是种枸杞的，是我们的家乡人，我们眼前的就是他的枸杞地，而他一听我们的采访，立即喜上眉梢，举双手欢迎，还说老家已是第三次去人看望他们了。他高兴，我们也很高兴，一起走进地里。

他说他到农场已经整整九年了，因为家里贫困，打工赚不到钱，才跟着邻居跑到农场摘枸杞。一斤，十斤，一百斤，等到成为熟练工时，当年的枸杞却摘完了，虽说赚得不多，但心里高兴。第二年到枸杞成熟时节，他又去了。这一年，他不光摘枸杞挣了一些钱，还承包了五亩枸杞地。几年的辛苦后，他的枸杞地发展到了一百八十亩。

从枸杞树上一颗一颗摘下的枸杞，一筐一筐，红艳艳的着实令人喜欢，过秤，记账。据说，有些人不愿意当日结算工资，而是让老板记账，等枸杞摘完了才结算工资。之后，再去别家采摘。

烈日下，人蹲在枸杞地里，眼要尖手要快，要摘大的熟透了的，不能把枝头尚未成熟要等到第三次摘的一并摘了，摘完一棵树又移向另一棵，很是辛苦。

枸杞树有大有小，我见到的最大的一株有两米多高。当然，站着摘要比蹲着舒服一些，但是摘的自然少一些。所有的枸杞树一般要摘三次，有的人也摘两次，与摘棉花一样，工资还是分等级的。初次采摘的枸杞大，好摘，所以一斤八毛不等；二次采摘时价格又涨了，一斤一块二到一块五；第三次采摘由于难度加大，价格又高一点儿。熟练工一天能摘一百二十斤左右，手慢的则是六十斤到八十斤不等。不管是否熟练，只要入了枸杞地，一门心思专注地摘，收入还是不错的。一桶摘满了，接着又摘，等摘满三四桶后，提到地头，倒入塑料框，过秤，记账，算工钱。如此，无论是承包户还是摘枸杞的人，一天下来挣多少心里都有底。

枸杞地边，总是搭了棉衣、背心、马甲、毛衣、外衣，因为诺木洪早晚凉，温差大，所以早上去地里时穿得多，一到午间，热了就脱掉，傍晚时又穿上了。

一块地里往往有二三十人在采摘枸杞，他们各摘各的，各自成为枸杞地里的守望者，无论是种植户还是采摘者，那片土地就是一块画布，主题除了枸杞还是枸杞。凡是去过农场的人，人人都手拿画笔，描摹最朴素的图画，涂抹属于自己的画图。

细听时，就会听到有些人一边采摘一边拉家常。极强的紫外线，在他们的脸庞留下印记，黝黑的肌肤，似乎证明了他们流过的汗，吃过的苦。

面对着他们的欢喜，我也欢喜着。

天蓝，云白，在红彤彤一片的枸杞晒场，那些晾在白布单上的枸杞，犹如辣椒种植基地晾晒的辣椒，火红一片，惹眼的红、怒放的红、激情饱满的红，一不小心要燃起一团燃烧的熊熊大火。我词穷，搜索不到合适的词语形容那铺天盖地的红。但凡见过那些一块块紧紧相连又疏密有致的晒单，看到那一颗颗即将装袋的红果果，大与小，白与红，内心应该会升腾起对生活的美好向往和激情。

多少年来，农场边缘闲置的土地沙化而无人问津，可是种植枸杞的异乡人，用勤劳的汗水让沙尘远离，用一块块枸杞地拓展了那片绿洲。

在农场走着看着，无论是出租屋还是在路边树下搭的帐篷，都是去农场摘枸杞的外乡人的，他们有的来自河南，有的来自宁夏，有的来自贵州，有的则来自甘肃或者更远的地方，他们不远千里来到诺木洪农场，融入采摘大军，上演激情与速度，他们是可敬的。

每年采摘结束后，农场一下安静了，像成群结队的麻雀，呼啦啦落在地里，叽叽喳喳吵闹上一会儿，又扑啦啦飞走，留下枝叶凋零直至光秃秃的枸杞树。一些种植户守着农场，谋划来年或与亲友继续承包土地扩大种植，或有了更好的致富法子。无论怎样，他们亲帮亲、邻帮邻，一户、两户、十户、百户，一批又一批的种植者与采摘者，让农场变得热闹。

起初，种植户请自己的亲戚朋友帮忙，后来帮忙的亲朋自己种植。于是，种植、采摘、晾晒、加工以及田间管理，都因为需要大量的务工人员，因此产生了种植枸杞的群体效应，使种植枸杞树、采摘枸杞成为异乡人致富的又一个产业。

杨主任说，别看那些骑着摩托车、开着拖拉机的人灰头土脸的，其实他们好多人的身价上百万甚至上千万。枸杞采摘结束，冬灌之后，都开着小轿车回家，宝马、奥迪不算什么。在家休息上两三个月，春天返回，小轿车进了车库，又成为农场的庄稼人，修剪枸杞树，平整地块，开始新一年的劳作。

枸杞种植者很会算账，他们说在家种上十亩地，一亩地高产收入一千块，再养上几只羊，忙完地里的活，还要围着羊屁股转，一年下来，撑死也就收入两万块；如果承包十亩地种枸杞，一年就能收入十万块，而且只忙七个月，剩余的时间闲在家里，日子过得舒坦……

三

不是说所有的事都是美好的，在诺木洪农场，种植户的日子当然过得不错，下馆子、吃手抓羊肉，过着老板的生活，但是那些采摘者就没有那样滋润。

一天跑来跑去的，我感觉骨头架子都要散了，可是为了次日早起去看看种植户与采摘者之间为摘枸杞如何双向选择的，虽一宿几乎无眠，硬是坚持早起。

天虽没亮，但快六点时马路上已有动静了。六点二十分，我们离开宾馆来到马路上。本想着时间还早，孰料，在采摘者眼里已有些晚了。

星星依旧在眨眼，路灯拉长了一些人的影子。远远看到的一些晃动的亮光，是采摘人的手电筒或者手机发出的，那些亮光显得孤单又微弱。他们三两个人一起，提着桶子或是腋下夹着脸盆，有的提了暖瓶，步子迈得较大也快。他们一部分人是去枸杞地采摘枸杞，一部分则是等着种植户招他们去摘。

六点三十分，天依旧没亮，风大，一辆辆挤满人的农用车和客货两用车，来来回回，驶向各自的枸杞地。而那些等活干的人，在十字路口要么坐在桶子旁，要么站着。桶里装了水杯和午饭。男人们双手揣在裤兜里，走来走去，显得有点儿急躁。女人们戴了口罩和帽子，左顾右盼，显得有些不安。

七点钟时，人渐渐多起来，晨曦里路上的采摘大军很是匆忙。摩托车、大卡车、封闭式的货运车，但凡能拉人的，都拉着采摘人去了自家的枸杞地。

也有采摘者骑着摩托车，载着三个人或四个人。后座上的人拎着桶子，举着脸盆，路过十字路口时放慢车速，一起看看等活的人，有点儿小小的得意，全无当初也等着找活干的焦灼。在大人堆里，一些五六岁的孩子跑动着，跟着大人一起等待，直到双方工资谈成后上车而去。

风渐渐大了，星星隐去，太阳还未露脸，身上冷飕飕的。诸多等候的人群中，一位小伙子与采摘者说了一通方言，便与种植户商量价格，只是三两分钟，不知是谁吆喝了一声“上车”，那些人争先恐后地跳上了车，还没等我收回目光，车子在一片喧哗中已经远去了。

找到活干的人渐渐走了，剩下三三两两的人，不知是嫌弃地远还是工资低了，依旧在那里等着。

天气变了，阴沉沉的。八点三十分时，据说好多人已经开始摘枸杞了，只是阴天摘的枸杞成色不好，所以好多种植户有些惆怅。

五大队小李的枸杞，已经开始了二次采摘。那些七点三十分开始采摘的人，有的已摘了一桶，有的则摘了不到半桶。摘枸杞的人忙着采摘，带去的孩子自己个儿在玩，我心里酸酸的。地头坐着一个四五岁左右的孩子，右手举着半个馒头不时啃一口，左手扒拉着落在地上发蔫的枸杞，身旁的塑料袋里，放着饼子和馒头，还有一瓶茶水。孩子估计冻着了，脸色发青，流着鼻涕，一声大一声小地喊着妈妈。他妈妈就在跟前，一边答应着一边摘枸杞，没有想停下手里的活看看小家伙。

见此，我心里难受，心情复杂。每个人都活得不易，都有各自的难堪和难题，只是那些难的表现形式不一样罢了。我看着孩子，一种无法言说的疼让我鼻头发酸，我把包里带的糖果都给了孩子。我怜惜孩子，可是也理解他妈妈，如果有办法，她也不会把儿子带到地里受罪的。

天色阴沉，风吹得我身上一阵阵发冷，一向不下雨的农场，居然落雨了。看着地里加快速度摘枸杞的那些人，我一时有些淡淡的忧伤。

小李的地从东头到西头有五百米左右，两百多人进了地里也看不出人多。雨点儿大起来了，小李和他的亲戚站在地头开始喊话，停止采摘，摘的枸杞过秤拿钱。起初没人理会，但喊了几次后，才有人提了摘的枸杞倒入筐里，过秤，算账，拿钱。虽说只摘了两小时左右，手快的人还是摘了不少。

雨点儿稠密起来了，他们才争抢着排队过秤，孩子的哭喊声也大多了。我有点儿纳闷，以为就那一个孩子，谁知因为有雨必须停止采摘后，从地里出来的一些大人身后跟着孩子，他们看上去大概七八岁的样子，也举着摘了少半盆的枸杞，等着与大人的合到一起过秤。有的孩子穿得少，虽打着哆嗦袖手站着，但他们的目光紧紧追着大人，待他们过秤后拿到钱了，赶忙提着桶子或是塑料盆，迎上去追问多少钱。看他们的样子，应该上小学的，缘于种种不得已，随父母也成为采摘大军中的一员，起早贪黑，顶烈日、迎冷风，吃苦受累。我不忍看孩子们冻得发青发紫的脸，盯着一筐筐红红的枸杞，突然感到心酸。

如果不是亲自目睹、亲身感受，我一点儿也不相信摘枸杞并不是很简单的事。那些采摘人的酸甜苦辣，他们的欣喜与惆怅成就了诺木洪农场。只是，我在思忖，诺木洪农场成了那么多异乡人的第二故乡后，是否依旧那般情深意长，用一粒粒饱满好看的红果果，甜透他们的生活，让他们感到幸福?

离开诺木洪农场时，风吹乱了我的发丝，我因没有目睹被誉为“枸杞王”的两棵已生长了三百多年的枸杞树的风采而稍感遗憾。因此，我多看了几眼那些枸杞地，心想：假若我是农人，若能在此承包到几块上好的地，我也愿意闯一下，栽植下十多亩的枸杞苗，侍弄上两三年，等着红艳艳的枸杞果果，让我的幻想也红红火火……

独在香山听雪

2011 年 12 月 2 日，在北京的第五天，北京迎来了第一场雪。

那天，我在北京参加一个散文创作交流活动，结束后，是我游荡的一天，恰好下雪。

我不愿浪费时间，七点半出了宾馆，寒意阵阵，雪花迎面而来，我的欢喜不由加深。雪不大，雪粒调皮，我仰脖时雪花落在脸上，冰一下我的脸庞和脖颈，不及手指的碰触便化了。

时而沸沸，时而纷纷，漫天漫地白茫茫一片。路人匆匆而行，公交车一趟又一趟地路过，我缩脖吸气，找可爱的警察叔叔打听如何乘公交车去天安门广场。

期间，我忽然想到了香山，既然香山的红叶早已入梦，那么可以看看雪中的香山。

我还是去了天安门广场，飞雪没有惊动广场上的人，人依旧很多。雪花在漫舞，我给家里和友人各打了一个电话，告诉他们北京下雪了，我在天安门广场上。

关心与祝福，让我心生温暖。雪花不停地湿润着我的心情，心情如雪花，素白素白的。

我拍下了想要的照片，虽雾蒙蒙、灰塌塌的，但是我很喜欢。雪花没有停歇之意，继续沸沸扬扬，地上已经落了薄薄的一层，风卷走一些，再落上一层，还是不厚。

我的目光像一只初生的牛犊，不放过入我视线的一切。我很惊讶，隔着那么远，我似乎听到雪落在香山的声音，似乎轻声喊我去香山，我觉得有点儿不可思议，自嘲地偷笑。

香山红叶的唯美在上学时就知晓，所以在地铁上上网搜索，以期让我的香山之行更丰富。我在急速浏览：香山公园位于北京西郊，地势险峻、苍翠连绵，占地一百八十八公顷，是一座具有山林特色的皇家园林。景区内主峰香炉峰俗称“鬼见愁”，海拔五百七十五米。香山公园距今已有近九百年的历史。早在元、明、清时，皇家就在香山营建离宫别院，每逢夏秋时节皇帝都要到此狩猎纳凉……

我的要求不高，只要能在香山感受到雪的曼妙即可。

十一点半时，我出了地铁站，寻寻觅觅后，才皈依在香山路、香山公园，一切都是香香的，我的目光抚摸并亲吻着那些香香。

雪覆盖了一切，香山公园里冷冷清清的，鲜有游客，麻雀、喜鹊、蓝尾鸟在雪的画布上轻盈挥舞，举办过红叶展的一些摄影作品还没撤掉，炫亮着雪天的香山。我没有立即上山，而是请求一位酷似游人的陌生人为我定格了我在香山公园前的瞬间。

爬山不是我的强项，所以步调不快不慢，走走停停，看参天大树，看一些歪歪斜斜的足印，我还让十指在雪地上扣下印迹，也写下了“我爱香山”“我爱你”“李萍来香山了”“冷子来了”。

上山路上，几乎没人，雪落的簌簌声从安静到寂静的空洞伴着我，我一点儿也没感到孤单或是落寞。我已经习惯了这样一个人的行走，在不同的地点，带着不同的心情，只是我的书写没有停止，还拍下了那些印记，边走边欣赏。

指尖写字时蘸的雪花转瞬即逝，只留些水滴让我对着指尖哈气。我还把朋友的名字留下了，“欣媛”两个字写得工工整整，权当我与她同在香山听雪看雪。

大地的歌唱是无声的，那些树安静着，听着雪落下来覆在心上的声音，扫视着林下曾经的雀跃，对我的独行也不惊讶。或许，它们才不惊讶呢，荣辱不惊、风轻云淡了那么多年，什么样的阵仗没经历过，别说是我一人，就是十万人的蜂拥而至，它们或许还是那个样子。

有些枫叶还在绽放最后的温柔，橘红色有点儿土苍苍的，有的叶子绿苍苍的，有的光着枝干等着春天，有的叶子还挂着，枯得有些干巴。一些爪印，宛如一朵绽放的花儿，开在雪地上。

雪花依然在飘飞，不放过任何可乘虚而入的机会，我的颈项，我的牙缝都塞满了雪意。雪花是调皮的，灵动地窃取着我的一点儿温热。

先我上山的人已经下山了，只有三人，两男一女，都是中年人，穿戴齐整捂得严实，不像是游客。他们经过我身边时，大概见我慢悠悠地上山，女士提醒我说已经下午三点多了，走快一点，否则没到山顶天就黑了。她的话说得我心像熨斗熨过的衣服一样，平展展的，特别受用。京腔就是好听，那么的有亲切感。原来我遇见的是北京人，他们是在北京的第一场雪中领略香山的清美。

我微笑着点头应着，一再言谢。目送他们下山，我也并没有加快步子，而是惬意地放纵自己的心意和目光，任凭过往的风，留住我的气息。

就那样，我在香山走着，脚底咯吱咯吱的清脆使山路空旷，尽管树木那么多，咯吱与风声继续，有一截山路不好走，我亦步亦趋向着山顶进发。

我忽略得很多，再说我也没有上到山顶的打算，更无法一一领略和拜谒西山晴雪、碧云寺、五百罗汉堂、宗镜大昭之庙、见心斋、双清别墅。

我这样匆匆而行，怎么可以对这个皇家园林如此草率和轻飘飘呢？秋风飒飒的某日，我定会择一好友，做足功课后让一天的美好都留驻我心，仔细体味。

所以我原谅我的忽略，便心安，心无旁骛地继续上山。一位中等个头、头戴布帽、背着双肩包的男士一步三跳迎面而来，从我身旁掠过，如一只燕子。我好奇他的轻盈，转身回望，他恰好也回头看我。

“您好！”他与我搭讪得很简单，两个字。面对他的“您好”，我才看清他是一位老人。他激励我加速上山，还扫了一下我的双脚说还是不要再上了，雪后路滑，说我的鞋不易爬山，有潜在的危险。

他与之前的那位女士一样京腔味十足，卷舌音腻歪得顺耳。听他那样说，我低头瞅瞅我的鞋，而后点点头，感谢他的提醒并别过。他下山了，我停止了上山。我捡了一根细枝，在空地上写写画画，抹掉又画又写。其实什么也没写，什么也没画。最后，我乱画了几行字作为念想：用眼睛、用心、用镜头，读香山、阅香山、赏香山。心深入安然，香山亦处于半梦半醒之间。我在香山沉淀我对于北京的情愫。

我转身，依着腻歪的善意留给香山一个背影，悄无声息地下山。

一位戴布帽的老人跳入我的眼际，他说他是中国地质大学的教授，姓方，已经六十四岁了。他说，人生的每一天都是值得纪念的，每一天都是独一无二的。他说他每周至少上三次香山，香山的一草一木，都装入了他的眼际乃至心底深处。

我点头答应，不知说什么好，也无从说起，他是大学教授，六十四岁了还那么轻盈，我却多么拖沓，我只有羞愧地微笑，微笑地盯着他的跳跃，思虑他说的那些话。

我在他的感染下，加快步子学着他的样子弹跳。呼气，吸气，我试图歇口气，喘息一下急促的灵魂，而他用弹跳的轻捷，使我无理由停步，只有跟着他的弹跳继续呼气、吸气。

他就是香山的一只鸟，一只燕子，他以轻盈面对第一场雪，雪中的香山在他的轻盈里轻盈，他也以温和及他的人生箴言对待陌生的我。

我突然被感动，虽说我一个人在陌生的北京，在陌生的香山，在陌生里前行，可我不是孤单的，我的肌肤、我的肺叶、我的骨骼、我的血液，甚至我的灵魂都不是孤单的，因为有温暖和真诚，我一点儿也不孤单。

雪花涂抹的画布被脚步揉皱了，我似乎听见石阶上雪花的耳语很是缠绵。此时，方教授踏歌而下，我抢拍下他背影的瞬间，他弹出视线的尾音划出的弧线，居然有些美感。我不管他听见与否，挥手大喊“方教授再见”。

离下山还有一截路，我停步，闭眼享受雪花簌簌的美，听风长一声短一声地叹息。

香山的雪，雪中的香山，我一一梳理，一一欣赏那些定格的瞬间，心情无比愉悦。在定格的景致里，我眼角的皱纹成为香山一棵棵树的年轮，一道道年轮里藏着一个个路上的故事。

离开香山时五点多了，好几个小时在香山山腰抒怀，我也是满心欢喜的。

香山，我记忆里独一无二的香山，在二〇一一年十二月二日北京的第一场雪中永久地烙在了我的心底。因为，关于香山一切的照片，在下载过程中丢了，一张都没有，包括方教授轻盈的背影……

第三辑　占卜高原上的相遇

在世界至高点的拉萨火车站

拉萨火车站，一个高原上的终点站，无时不向世人炫耀着一种豪气。

我站在买票的队伍中，随着缓缓挪移的购票队伍，也不时挪着郁闷的心情——因为离开而郁闷的心情。

拉萨火车站的售票厅不大，售票窗口不多，众多的买票者，聚集在方寸之间。天南海北的人，天南海北的方言，在大厅叽叽喳喳，使售票厅喧闹、纷扰、繁杂、烦乱。

也不知过了多久，在长龙似的队伍中，我终于挪到了售票窗口。车票捏在手中时，归期似乎就在即刻，心有点儿失落。

拉萨因为青藏铁路的开通而向世界敞开了胸怀，拉萨的火车站因此也向世界宣示着一种精神。

我在一种精神的威武中，步调缓慢地走向火车站旁边的公共汽车站。

我挪步，是因为感动。于是在一份感动中又挪步到站台，像久别的友人一样安坐下来。

仰望天空，天蓝得让我心痛。心有了归属一般，安然而平静。

一趟趟的公交车准时到达，歇息一会儿又开走，不误钟点，按部就班。

列车在汽笛声中到站后出站，喇叭里广播员温和甜美的声音舒缓地流入耳际，无论是到来的游客还是登上列车的旅人，都是在温和声中匆匆了过往。

我注目着一切，如同拉萨的天空、大地、白云、雪山注目我一般，交替着心的关联。

洁白的云朵飘过，轻轻的。我闭眼和云朵一起呼吸。

一分钟，一刻钟，一小时，嘀嗒的时钟静静地从我身旁，从我静坐的人生光阴中跳过。

没有人注意到我这样一个静坐在站台上的人，很长时间的静坐，仅仅是为了仰望天空。

“长长的站台，孤独的等待……”歌手闪烁的孤单与我无关，歌手的站台也与我无关。

长长的站台，一路路的公交车，我穿梭在静候的车体间，像穿过我的童年、少年、青年，只在瞬间。

我变换着姿势，变换着久坐站台的姿势，静坐到安睡中。

我不知晓，但是我就那样静坐着，从一路站台到另一路，从一辆辆绿色的公交车到蓝色乃至橘色的，身心在肆意地穿梭，任凭自我成一道风景或是剪影。

人生有多少次这样的静坐呢？我反问着自己，满足而幸福地坐着。

五个多小时过去了，直到暮色四合，天上飘来星云，风也呼呼时，我打量着站台，如同站台打量我一般，挥挥手，在拉萨的火车站挥挥手，仿佛与人生旅途中停留的一个小站挥挥手，画了一个美丽的圆圈！

遥远的“玛吉阿米”

那一天
我闭目在经殿的香雾中
蓦然听见你诵经中的真言
那一月
我摇动所有的经筒
不为超度　只为触摸你的指尖
那一年
磕长头匍匐在山路
不为觐见　只为贴着你的温暖
那一世
转山转水转佛塔
不为修来世　只为途中与你相见
那一月
我轻转过所有经筒

不为超度　只为触摸你的指纹

那一年

我磕长头拥抱尘埃

不为朝佛　只为贴着你的温暖

那一世

我细翻遍十万大山

不为修来世　只为路中能与你相遇……

在我的新浪博客里，我一开博就挂了这首著名的《那一世》，尽管高平老师从《那一世》的形式、内容、出处等方面分析并得出结论这不是仓央嘉措的诗作，但我依然固执地认为就是仓央嘉措的，也没有修改，依然那样挂着。因为心里总是被那一天、那一月、那一年、那一世所折服。

高平老师在西藏工作生活过，接触仓央嘉措的诗歌与生平事迹五十余年，他的长篇小说《六世达赖喇嘛仓央嘉措》没有提到这首诗。

这样一首被称为传世经典的诗，能够突然从天上掉下来吗？可是，于我而言，不管是谁的诗，因为喜欢，所以一直挂在博客。

我不知道，在我人生的那一天、那一月、那一年，甚至这一世里，是否如佛所言：前世五百次的回眸，换来今生的擦肩而过。

我与许多的景物、许多的人擦肩而过，但是玛吉阿米酒吧——一个小小的酒吧，却因为一位活佛而成为传奇、经典。

“玛吉阿米”是流传在藏区一个美丽、凄美而且富有禅意的传说。

相传在三百年前的一个月夜，六世达赖喇嘛仓央嘉措在古城拉萨私访。八角街一个不起眼的小酒馆，暖暖的烛光在酥油茶飘香的雾霭中，他看到门外一个月亮般娇美的少女掀帘窥望，在那一刻，他被那份美丽惊呆了。那是一张红红的笑脸，比那山顶上圆圆的明月更美丽，一切在那一刻被凝固，并深深地烙在了他的心里以及梦里。

从此，仓央嘉措常常光顾这家酒馆，期待着与这位月亮少女的重逢，遗憾的是，这位月亮少女再也没出现过。

仓央嘉措最终离开了布达拉宫，不得而知是为了今世的追寻，还是来世的重逢，但是玛吉阿米的传说依然吸引着那些痴情的人慕名而来，在最圣洁的地方诉说传奇爱情。

就是这栋黄色的屋子，名叫“玛吉阿米酒吧”的屋子，黄色的砖，黄色的墙，宽大的变色玻璃窗，还有天台，都让《那一世》醉美着很多人。

在拉萨的二十天里，当我数次从玛吉阿米酒吧前经过，流连忘返在八角街时，我不知道，玛吉阿米——一个美丽的名字，能让仓央嘉措怦然心动的女子，是何等的美丽呢？

导游说，北京、昆明也各有个大酒吧叫玛吉阿米，但拉萨的玛吉阿米酒吧是那些酒吧的总店。她说拉萨的玛吉阿米酒吧不大，典型的藏式装修，暖暖的灯光，神秘的唐卡式壁画，复制的经石，还有那天籁般的音乐，既有家庭气息，又有艺术品位，既有藏族风格，又有旅游特色。墙壁四周贴满画作、摄影图片和手工艺品，书架上有卡夫卡、里尔克等作家的原作和各种汉文版西藏题材的书籍，地板上铺着西藏手工地毯，放置造型古朴的陶罐，房柱上钉着丝版印刷的西藏风情图片，加之藏餐、尼泊尔餐及咖啡、酥油茶、甜茶和酸奶，吸引了来自世界各地的客人。游子、艺术家和文化名人，他们也常常在酒吧聚会，使酒吧成为一个有磁力的聚会场所。

我想，拉萨的玛吉阿米酒吧是世界上最高的酒吧吧？

那东方高高的山尖

每当升起那明月皎颜

玛吉阿米那醉人的笑脸

冉冉浮现在我心田……

这是藏区识字的人或是很多年轻人几乎都会背诵的诗句，其中包含的思念与失落，只有喜欢的人知晓，而我独独喜欢《那一世》，不管是不是仓央嘉措的诗，独独喜欢。

在藏文“玛吉阿米”的意思里，“玛吉”为未生或未染，可理解为圣洁、无瑕、纯真；“米”原意为母亲，在藏族人的审美观中，母亲是女性美的化身，母亲身上浓缩了女人内在和外在所有的美。因此“玛吉阿米”的含义可解读为：圣洁的母亲、纯洁的少女、未嫁的姑娘，或可引申为美丽的遗梦……

玛吉阿米的传说就是这样发生和演绎的。

世界很小，玛吉很大。因为玛吉阿米，一切都变得浪漫。

如果有机会，真想再去拉萨，去玛吉阿米酒吧坐坐，弥补我的遗憾！

玛吉阿米酒吧的米黄色窗帘，在高原阳光中微微拂动，一切都已湮没了。唯余诗歌在旅途中吟诵：

那天。那月。那年。

男人。女人。

玛吉阿米：流传在藏区的一个美丽，凄美且富有禅意的传说，在风雨岁月里站成往事的影子。

玛吉阿米酒吧，一个小小的酒吧，因为一位活佛而成为传奇、经典。

一切的浪漫或是辛酸，叛逆或是皈依，都已湮没在故纸堆里了。

多想是菩提树下的一粒尘埃，只为拥抱。

多想是传说中的女子，临窗，只为朝夕的守望。

一场别开生面的辩经

“先有大昭寺，后有拉萨城”“到拉萨没去大昭寺就等于没去拉萨”的说法，使已有1300多年历史的大昭寺，在藏传佛教中拥有至高无上的地位，其融合藏、唐、尼泊尔、印度的建筑风格，成为藏式宗教建筑的千古典范。

我们是下午去的大昭寺，与许多游客一起，在大昭寺步调匆匆又拖沓不前，一边听着导游的解说，一边从一个个佛龛前转进转出。从大殿出来，在380个排列有序的转经筒过廊中缓缓前行，边走边推动转经筒，体味手拨转经筒的虔诚和单纯。

来到二楼的平台，长椅上坐满了休息的游客。一部分游客在长椅后的小店里挑选纪念品，那些琳琅满目的藏式物品，很受欢迎。

我上了三楼的平台，张望蓝天、白云及一切。天蓝得让人感觉喉咙被堵，甚至有点窒息，可又是那般的喜欢。

拍照、歇息、静坐、发呆，游客自由如风。

拉萨辉煌的建筑在阳光下光芒四射，灿烂无比。举着相机肆意拍摄，至于拍得好不好，拍了些什么，似乎无关紧要，只是一个劲儿地按快门。

无意间，镜头捕捉到和尚们辩经的场面，除了惊讶，还有好奇。于是，索性坐在三楼平台一角，同许多游人一起专注地观看辩经。

王子也是专注的，尽管压根儿不知道辩经的意义，不时给我指他感兴趣的小喇嘛。

辩经区域被一根绳子圈起来，以示不可跨越。围观的除了国内游客外，还有金发碧眼的外国人，他们竖着拇指“very good”不停夸赞。其实，围观的很多人的兴趣在于场上喇嘛们辩经时的投入感，而对他们的辩论内容一无所知，也无从得知。

辩经场的走廊一端坐着一位喇嘛，他应该是僧官。大家站在一旁，对着喇嘛跺脚、击掌的力度兀自议论，也细目观察他们的穿着。他们有的脚穿拖鞋，有的穿着紫红的袜子，有的光脚，闪现着年轻的气息。一些年长点儿或垂暮的老喇嘛们，目光有些混浊，好像沧桑已经覆盖了他们的内心，一些小喇嘛们眉目清秀，一脸稚气。

辩经最早源自印度，是藏传佛教喇嘛攻读显宗经典的必经方式，是佛教弟子间相互切磋佛教知识、辩论真假对错的佛事活动，常常两人组合，一站一坐。站者为攻，横眉立目，唇枪舌剑，不时击掌跺脚，挥臂指鼻；坐者为守，手捻佛珠，念念有词，双目时睁时闭，胸有成竹，不时辩答。

听说，喇嘛修完一门功课，都要经过类似于那样的辩经考试。考试通过后，才能进行下一门经文的学习。

我愕然，这样的考试与我们的毕业论文答辩不是一样吗？

辩经开始了，他们有的一对一，有的一对三。一方站着，另一方坐着，站立方时而挥手，时而击掌，时而挥动佛珠，语速很快，听不懂他们的语言，只知道他们把佛经里学到的知识吸收后阐述自己的观点，辩论交流。

他们非常专注，也特别认真，大声辩论，加上他们夸张、激烈的肢体语言，击掌、跺脚都干脆利落，我举着相机，想抢拍一些照片，但是他们不看镜头，根本不理会我。

虽然语言不通，但我还是喜欢辩论的氛围，喜欢看僧人们在古树参天、碎石铺就的辩经场内为了一个话题而展开辩论的场景，喜欢他们每一个动作、每一个姿势、每一个认真的表情。

风依旧热热地吹拂，我站在大昭寺的三楼平台上，假想自己若以这样的方式参加论文答辩，不知结果如何。

辩经结束了，我与身旁的一位喇嘛聊天，话题就是辩经。他先是笑笑，几秒钟后难掩自豪，说他们的论文不像我们的，不是写出来的而是辩出来的。

他说得没错，他们就是在唇枪舌剑中让论点有理有据，辩得让对方心服口服。他们的口才在每次的辩经中得到锻炼，等到可以讲经布道时，已然是一名优秀的辩论家了。

由此来说，任何 门学问，若都经得起辩经这样的质疑和推敲，便滴水不漏、无可挑剔了。

大昭寺的辩经场面生动地留驻在我的脑海，即使归家数日，依然对其念念不忘，与友提及津津乐道，喟叹喇嘛们对辩经的认真和全力以赴，感慨人生路上必须要抉择时的游移不定，也反问人生境遇里会有多少次、多少种必须明辨是非的坚决，如何做人生的赢家，如何成为有实力的人生辩手……

留在记忆里的大昭寺，大殿里弥漫着酥油的味道，燃燃不熄的酥油灯火摇曳，低垂的幡帘，肃穆的佛像，木雕、壁画、佛像美轮美奂，喇嘛的诵经声变得悠远、宏大，信徒虔诚膜拜，感受着信仰的力量。

留在记忆里回味无穷的辩经场面，一切如大昭寺的金顶金光闪闪，无比通透。

大昭寺的辩经，让我对大昭寺再度有了了解：大昭寺供奉着佛祖释迦牟尼 12 岁的等身像——觉卧佛像，因此在全世界藏传佛教信徒的心中，大昭寺拥有至高无上的地位，是独一无二、不可替代的圣地，是他们最大的精神支柱，虔诚的朝圣者长途跋涉、风餐露宿，不远万里奔赴顶礼膜拜。

那些拜谒者，无论是磕长头走着去的信徒还是僧人，在他们的人生之旅中，或许他们也是自己的辩手，身体与灵魂在修行的路上辩论佛经的真……

沿着一条叫尼洋的河流放逐心情

黄河从青藏高原的巴颜喀拉山跑啊跳啊，一路奔流，经所居的小城时变得温顺，穿城而过。我从未从小城这头沿河走到那头，别说像有些人从一条河的源头一路走到下游。

在西藏，我的一些经历从“无”变成“有”，我也沿着尼洋河放逐心情，放飞灵魂。

旅游大巴从布达拉广场出发，刚出拉萨市区时，只见山形脉络分明，棱角尽展，拉萨河展示着不息的奔流。

大巴行驶约莫六十公里后，停在路边的一个写着“松赞干布出生地”牌楼的村庄前。牌楼很显眼。

这个充满灵秀的地方是墨竹工卡县的甲玛乡，是松赞干布的家乡。“甲玛”意为百里挑一的富地，松赞干布的父亲当政时，此地建了强巴敏久宫，松赞干布就出生在这座宫殿里。光阴荏苒，一千多年过去了，宫殿早已不在了，为了纪念松赞干布，在他出生地的草地上建造了一座仿古宫殿。

松赞干布作为西藏历史上著名的藏王，被尊为观音的化身，是西藏家喻户晓的民族英雄，像佛祖和高僧大德一样为藏族人民世代供奉。他统一西藏，建立吐蕃王朝，创制藏文字，迎娶文成公主。为迎接文成公主入藏，松赞干布在拉萨的红山上修建了布达拉宫。

湛蓝的天空下，牌楼前的草地绿草茵茵、野花遍地、溪水潺潺，牦牛默立抑或低头吃草。远处，青稞绿绿的还没成熟，三三两两的白帐篷点缀在河滩的草地上，一切都那么的恬静安闲。我沿着公路走了几步，被河畔的景致所吸引，边走边拍照片，用镜头记录所见。

松赞干布和文成公主的故事可谓家喻户晓，若不是到了那里，也不会联想到松赞干布出生在眼前的这个小村落。

过了墨竹工卡之后，美景应接不暇，感觉眼睛不够用，不拍下那些美得令人窒息的自然风物太遗憾。照片虽是透过车窗拍的，然而我被吸引着疯狂地拍个不停，也不去考虑照相机的内存是否够用。

上午十时，大巴车跃上了米拉山口，因为米拉山口是个景点，自然停车，大家争相下车欣赏海拔五千零二十米处山口的风景。风里夹杂着雨丝，五色经幡不停地飘摆，高处一个标有“雪域之舟”字样的牦牛石雕像，倔强地卧在那里，让人不由感叹牦牛的强壮与伟大。牛角上的经幡，也为西藏的神秘与遥远贴上标签。注目石雕牦牛，它仰头望天的专注，似在思虑人间的纷繁和复杂。一切让大家惊叹不已。

尽管风大，极为寒冷，但大家还是尽情地利用时间拍照，把在五千零二十米高处的心情尽可能定格，也不枉过了一次米拉山口。因为不知何年会再去。

我第一次站在如此高的地方，第一次站在作为拉萨与林芝地区的分界山口，呼吸不由急促，凛冽的风让人浑身打战，缩着身子，搓着双手，氧气稀薄，有点儿难受，可是喜欢独一无二的美。

翻过米拉山口，入了林芝地界。林芝一带雨量充沛，自然山清水秀，无论树种还是植物，都与之前的所见有别。有一条溪流顺着山间流出，细细的。导游说那溪流就是尼洋河的源头，藏语意为“神女流出的眼泪”“娘娘溪”或“娘娘曲”。

我喜欢“神女流出的眼泪”这个翻译，念叨着、揣摩着。大巴车一直在尼洋河边上行驶，我的心与目光也紧随尼洋河流淌。

随着溪流渐渐变宽，尼洋河犹如长大的孩童，心胸宽广、意气风发地奔流。

中流砥柱石到了，它高傲地矗立着。导游说这块巨石是工布地区的守护神工尊德姆修炼时的座椅，几乎所有来到此地的人都要走到河边，把此石纳入五花八门的镜头之中。

在大家拍照留念的间隙，我的王子发现了红艳艳的梅子，于是大呼小叫。王子的舅舅拽着梅子枝条，让孩子们自己动手摘梅子吃。酸甜的梅子，在我们的掌心和唇齿间让味蕾美了一番，南方游客睁大双眼，迭声说不能吃。我们微笑着，递给他们一颗，他们连连摆手拒绝，他们哪里知道西北的梅子和高原的梅子相像，他们大概只知道南国的梅子与我们摘的梅子有别。

继续前行，河岸的树木越来越高，越来越密，河床也变得开阔。沿途不时出现几公里宽的山间谷地。望去，绿树掩映中可见村庄，那些村庄的屋脊颜色各不相同，红的、绿的、蓝的，色彩分明。据说，那些村庄是广东、福建等沿海几省投资援建的。

在一个观景点停留，见一位慈眉善目的藏族阿奶手握转经筒坐在台阶上，见到游客只会说“一块”时竖着食指明示。起初不解，后问了导游才知，她说的“一块”就是与她合影或是拍她时收的费用，一些南方的游客争相与她合影，也从各个角度抓拍。

老阿奶很淡定，无论动作还是眼神，配合极好，她也很上镜，在镜头前分明就是模特。或许，在她的眼前停留或驻足过的游人比那牧场的生灵还多，她见过的相机甚至游人如尼洋河的石子，不胜枚举。

越过一些熟悉的景致仰望，蓝天白云处有鹰在盘旋。环顾四周，群山翠绿，尼洋河水清澈奔流，那一排整齐划一的藏家民居如镶嵌在绿野的宝石，流淌着田园生活的美好，不由羡慕那些生活在诗情画意里的藏族村民，他们多么幸福。

所有人都被尼洋河沿途的景致所吸引，无论在大巴上欣赏还是下车停留，喜欢与赞美溢于言表。

继续前行，尼洋河的河床渐渐宽阔，水流也更加平稳。由此不免赞叹和感慨，一条山间溪流奔流汇聚的汤汤大河，洗尽铅华，最后汇入雅鲁藏布江，终结一生的奔走，多像我们的人生。

大巴载着我们一天追着尼洋河走走停停，一点儿也感觉不到累，暮色四合之时才到八一镇。次日早起，在八一镇的街头匆匆溜达一圈，感觉身处江南。空气清新，温润之感令人舒朗，行走舒适也舒服，楼房和街道几乎都是新的，干净整洁。四围林山翠绿，绕着八一镇，酷似抱在怀中，难怪八一镇不是江南却胜似江南。

再次上车，第一站是阿沛民俗文化村。那是一片规划齐整的藏式民宅村落，是在原西藏贵族阿沛家族居住的庄园原址对面重新修建的。庄园的景致与我们一路上看到的大体一致，新村也是由内地援建的……

归途中，我再一次细细欣赏着尼洋河风光，再次贪婪地品读尼洋河岸的大美。湿地、草甸、牛羊、村庄以及山谷、天空、云朵，都一一藏入我的镜头。

在米拉山口回望尼洋河的源头，那细细的溪流，在五千多米的高处让我领略到古人“山有多高水有多高”的经典。

我再一次仰望，望望更蓝的天、更白的云，心向往的自由和自由的向往，都在仰望里那般贴切。天像一张纸，又薄又透，只要轻轻一碰就会戳破似的。转着圈四望，奇峰怪石的山顶，草甸纵横的山凹，都让一切美得绝无仅有，美得心动。

我挥手，是的，我挥了挥手，继而高举双臂挥舞，与那条叫作尼洋河的河流别过。

阿拉善的遇见

初冬某天的薄暮时分抵达阿拉善时，街头行人的悠闲、散漫，让我怀疑前行的唐突。

街道两旁卖奇石、玛瑙、锁阳、肉苁蓉的店铺林立，宾馆、招待所，几步一个，规模大小不一，不用猜便知阿拉善的旅游业发达，特产即是那些奇石。

从银川一头雾水地奔到阿拉善，虽然很陌生，但也很好奇，与初次去的每个城市一样，一切都很新鲜。

陌生里，走进一个店铺，目光掠过满地的锁阳和肉苁蓉，停留在石头摆件上。大的、小的，琳琅满目，感觉眼睛不够用。环顾左右，地上摆放的奇石有的比我还高，有的则在鞋盒般大小的盒子里拥挤着。凌乱的店铺，物品太多了，空间狭小得让我有点儿窒息，挪步还需小心翼翼，否则会踩到石头或是肉苁蓉，亦步亦趋得难受。

之前，我见识过军人小弟从沙漠挖出的锁阳和肉苁蓉，所以看到长得像辫子一样的肉苁蓉，一点儿也不惊讶，但看到墙壁上挂着一根差不多两米长的肉苁蓉时，好奇如何挖才没有弄断而让根须完好无损。

柜台上的一个盒子里全是小石子，有的有红绳，有的没有，形状奇怪。我挑来选去，翻找了好久，才找了一枚李子一般大的肉石。老板娘虽年近花甲，但麻利，眼光犀利，一边打发顾客，一边介绍阿拉善的特产。

她会做生意，很会聊天，从柜子里拿出一盒石头放在柜台上，我们一边与她聊天一边挑选。她或许注意到我们的表情有嫌弃之意，前后断断续续拿出了五六盒石头，最后拿出的一盒只有十几枚石头。翻找比对了好久，一枚鸽蛋大小贝壳样的石子落入掌心，石子表皮深浅不一，有瑕疵，石子除了底部乳白，两面皆红褐色，是一块玛瑙石。越看越喜欢，放置脖颈比画，无论色泽还是石子的大小，看上去甚合我意。尽管老板娘推荐的玛瑙石，贵则千元，便宜的也二三十元不等，唯有此枚石头我一眼就喜欢，因而也不怕老板娘笑话，戏谑那块玛瑙石在等我，等我带它离开。

我空空的颈项，似乎也一直期待与这枚玛瑙石的邂逅。

灯光下，那枚玛瑙石也似乎透着欢喜，安稳地被我捏在掌心，摩挲良久后揣进衣兜。原本，阿拉善不在行走的计划里，只想在银川走走看看，孰料毫无准备下到了阿拉善，又意外地相中一枚戈壁玛瑙石，遇见的缘分和惊喜让陌生的行走多了欢喜。

这两年以来，我的颈项空着，总觉得有些饰品与我不搭调，也曾有意无意留心一些饰品，但无喜欢或是合适的，于是也就空着，什么饰品都不戴。如今，意外获得这枚玛瑙石，算是阿拉善给我的惊喜，也是给我的礼物，我没想过与一枚玛瑙石一见钟情，而那样的一见钟情靠的就是一个“缘”字。

我很得意，我戴的不仅是一枚玛瑙石，而是一本史书，因为中国地质大学的一位教授说：“一块奇石就是一本历史书。”

我欢喜异常，在另外一家奇石店里给玛瑙石打眼儿，并用一根咖啡色的绳子串好，即刻挂在我颈项，在镜子前左看右瞧，自我欣赏一番后才解决吃饭问题，找宾馆歇息。

次日清晨，出了宾馆，走在街头，很羡慕阿拉善人的生活节奏。一切那么缓慢，行人的步调缓慢，车子也慢，因为所有的慢，我的步子也慢下来了，目光也慢了，思绪在那天也变慢了。

很多人都被阿拉善奇异的大漠风光、秀美的贺兰山神韵、神秘的西夏古韵、雄浑的戈壁奇观、古老的居延文化、豪放的蒙古风情、悠远的丝绸文明所吸引，殊不知阿拉善的奇石才是阿拉善的名片，是阿拉善的瑰宝。

一些关于阿拉善奇石的形成，我也是在网上读到的："在数亿年前，阿拉善是真正的大海，由于这里海底火山爆发，地壳剧烈运动，火山岩流、风化沙磨、日蒸月寒等特殊的内外力综合下，最终让阿拉善成了盛产奇石的宝地。"目前，在阿拉善发现的奇石有数十种之多，其中宝石级的玛瑙石，质如刚玉、色像霞光、润似水晶、灿若珍珠、类如繁星。绿眼石（眼睛石）、芙蓉玛瑙、鸡血玛瑙、蛋黄玛瑙、缠丝玛瑙、紫晶玛瑙等数不胜数，其中最为珍贵的葡萄玛瑙，因为流珠挂玉，硕果累累，犹如晶莹的葡萄，摘而不忍，叹而叫绝，是阿拉善独有的玛瑙石，所以特别珍贵。

我一边在网上了解阿拉善奇石，一边挨个逛奇石店。

阿拉善的奇石店真多，就像吐鲁番卖葡萄干的店铺一样稠密。那些店面看去高大上，所卖的奇石也是大件，一件上千万，标价让我咋舌。

灰蒙蒙的天渐渐明朗，太阳露脸后，天空蓝莹莹的，望去深邃、澄澈、高远。所以在那一瞬间，真想在天空的某个角掏个洞，把自己埋在那朵蓝莹莹里。

心情一下子舒朗，我饱览了难以用言语和文字描述的奇石之美后，离开奇石店和奇石市场，走着转着，上了营盘山。

陌生的地方，陌生的景致，我的思绪总是抛锚。面对松树上的那些松塔，我却想到了苹果园，真是匪夷所思，不由失笑，悻悻然里，虽显得有点儿仓皇，但心情是舒朗的、美好的。

忽然，有了微小的感动。智者乐水，仁者乐山。我呢？

阿拉善营盘山上的植物，明亮了我的行走。它们的生长，无论旺盛与否，生命那般光彩夺目。

时而乍起的风，引来一阵阵的寒意，飕飕地直入脖颈。我依旧站在山顶放眼眺望。阿拉善的楼房与平房，错落有致，楼顶的一个个太阳能热水器，排兵布阵一般，挤挤挨挨的红色热水器，如楼顶盛开的花朵，在初冬顿生一些亮丽。

缘分素来是天定的，冥冥中与人、与景、与物的所有邂逅和相遇都是有天意的，若无缘，在同一个屋檐下也无任何交集。缘浅缘深，都让日子如转动的水磨，流水哗哗，水磨不停地转动，转走了时光，转走了记忆，也转走了遗憾与失落。

在遗憾中行走，失落有时会在慌张奔走后转化成新生的力量，如有人所言：在陌生的地方遇见，也是缘分。

或许，我在阿拉善遇见的那枚戈壁玛瑙石，因为有缘而戴在我的颈项。

或许，我带走的那枚玛瑙石是阿拉善滴落的一滴眼泪，是从远古走来的阿拉善褪色的一朵地衣，流淌着石器文化精髓的地衣……

带着一颗敞亮的心离开尖扎

夜晚的尖扎县，有点儿冷清，街头昏黄的灯影下，不见路人，行驶的车子也少。所以我们的抵达也是安闲的，在一个名为格桑花的宾馆歇脚。

“格桑花”那几个字，让我们隐约猜出宾馆主人是藏族。果真，就跟猜测一样，女老板就是一名藏族人。她的汉语说得不错，人也麻利，不仅把我们带到房间，还为我们打开了电视，服务很周到。

她四十岁左右，中等个头，是很有眼缘的人。一个女孩，脸上有红团儿，一看就知是藏族姑娘，是她的女儿，是青海民族学院经济管理系大二的学生，清明节放假回家，帮她在宾馆做点儿事。女孩不善言谈，笑容不像她阿妈那样随和，反之有点儿僵硬。不过，她的僵硬不妨碍我们。

歇息赶走了疲惫，次日清晨七点，与师父出了宾馆上街转悠。

空气清新，赶早市的摊贩已经准备开卖，我们穿过步行街，出了城，又绕城而行。

在环城路上走着，没有什么特别之处，一直走到一所寺院前，仰望金顶的炫目，内心一片安宁。在我和师父的仰望中，见一女孩从寺院一侧的巷道里慢腾腾地走出，粉色的卫衣使她古铜色的肌肤有健康美。她约十多岁，梳着马尾辫，一个黑色的发卡将刘海拢起来使额头光光的。她的脖子里拴着一条五彩丝线和一根黄色的带子，书包里没有书一样，背着书包走得轻快。她走近我们，看我和师父的眼神有点儿好奇。

她的眼睛真美，滴溜溜圆得像颗葡萄，眼神清澈如一眼甘泉，纯粹。我一眼就喜欢上她的黑眸和那份纯真，叫停她，与她搭讪。她说她叫拉姆，要去上学，说家在寺院跟前的道道里。她的汉语发音虽不标准，但话语像唱出来似的，好听又清脆。尤其叫我阿姐的清脆发音，甜丝丝的，听得我像喝了蜂蜜水一般。

拉姆一点儿也不怕生，我们拍了一张合影后，她喊着“阿姐再见”挥手离去。

这样的一个清晨，这样的一个藏族女孩，偶遇的缘分与县城传递给我的娴静，彰显尖扎的魅力。

这个先秦和西汉初期为西羌的地方，作为藏传佛教后弘期发祥地，境内的坎布拉国家地质公园是一本天然的第三纪以来的地史教科书，它记载着第三纪以来我国青藏高原隆升事件与气候环境演化及黄河发育历史、炎黄文明史，蕴藏着集地质遗迹历史与现代文明、景观资源与新生代地史演变于一体的科学价值。公园的“丹霞”美景吸引了众多游客，园内的南宗寺、尼姑寺、南宗扎寺，是青海省唯一的一处僧、密、尼并存的宗教法地。

不可小觑的尖扎县，它除了是中国赛艇、皮划艇高原水上训练基地外，还是全国唯一的“中国民族射箭运动之乡”。

我和师父一边聊着尖扎，一边折返。

一只蓝尾鸟，在林梢间旋飞。我们仰头，踮着脚尖，一再追寻，并试图尽量拉近与鸟儿的距离，但是鸟儿不珍惜这段奇遇，飞来飞去，一点儿也不安稳。我的脖颈尽管酸涩，但还是耐着性子仰头挪步，跟着蓝尾鸟的腾跃。

在一棵行道树上，鸟儿终于驻足，我们咔咔几下，连拍几张，把尖扎的清晨与一尾鸟儿一同装入记忆。

在尖扎的清晨漫步很美，我还跟着几位藏族阿奶转了大经筒。对于那些阿奶来说，转动经筒是每日的必修课。我钦佩她们的虔诚和坚持，她们真厉害，经筒转动得娴熟、轻松、自然，看去丝毫不费力。而我跟着转了三圈，头就有点儿晕了，我不知道那几位阿奶转几圈才算完成那天的功课。

离开转经筒时，路上的行人与车辆多起来了。我还惦记着格桑花旁边卖的饼子，急急回赶。我之所以对尖扎的饼子感兴趣，是因为藏族阿姐做的饼子与我们做的不一样。

卖饼子的阿姐不懂汉语，而我不懂藏语，所以当我拿着饼子左看右瞧示意要买时，她招手喊来一位小伙子。小伙子也是藏族人，但汉语说得不错。

其实，我就是想知道藏族阿姐做的大饼，为何中间是空的。小伙子听了我的问题，说“锅里”是凌晨四点起来做的，做法简单，发酵面放苏打粉，揉匀，擀成圆形，中间掏个洞，然后捏成圈圈后烙熟即可。小伙子说得头头是道，还边说边比画，打着手势，拿了饼子示意。

我听他一介绍，一下明白了，毕竟也做过馍馍，烙过饼子，工序和做法还是知道一点儿的，只是那“锅里”的名字叫得特别。

由于小伙子的汉语讲述很抢眼，藏族阿姐的大饼摊前围了很多人，男男女女，笑嘻嘻地看着我们交流，还不时插一句，纠正小伙子说得不妥的地方。最后，还帮卖饼的阿姐装饼子，我也笑着跟她们一样念念有词：锅里，锅里。

被叫作“锅里”的饼子，在我的欢喜中席卷了大家的目光。

返回宾馆时，女老板在打扫房间，见我回来，又和我聊了几分钟。我知道了她家投资七十万元修建两层小楼，宾馆加上铺面出租的钱，一年也能赚个二十万元左右。她还说她的丈夫在工程队打工，一年下来，工资不高，但还是有一两万元。

我佩服她面对我这样一个陌生人的坦诚，她一点儿也没设防，就把家里的收入状况三言两语告诉了我。她的心是敞亮的，与她的格桑花宾馆一样，也与她的微笑一样，让我心也变得敞亮。

驶离尖扎县城时，发觉车子有点儿不对劲，找到一家修理厂，一位工人帮着敲打了几下轮胎，又捣鼓了几下就好了，给他付辛苦费，他却说不收钱，即便我们怎么说，他执意不收。

他与格桑花宾馆的女老板一样，与拉姆一样，也有一颗敞亮的心。

于是，我们带着一颗敞亮的心离开春天的尖扎。

再次上路，徐徐微风，打开人间四月的芳菲，温柔梨花独一无二的白。

正午的隆务寺

之前，老爷子给过我一本青海黄南藏族自治州的摄影集，当时我就被一幅幅绝美的风景照片吸引，觉得相距不远，有的是机会去领略那些景致。

可是很多年过去了，一次也未能成行。年岁渐长，深知摄影家们捕捉定格展示的大美黄南，我很难一一追寻，也就释然。

后来，师父说起隆务寺，也没有想过有机会去看看，更没上心。孰料突然有那么一天，一时兴起，跟着师父向隆务寺进发。

我在路上做着功课，虽然师父已经给我讲了一些，可我还是没记住相关内容。

隆务寺始建于元大德五年（1301 年），是青海省南部牧区最著名的藏传佛教寺院，藏语称“隆务德钦曲科尔林”，意为“隆务大乐法轮洲”。寺内珍藏各类艺术精品和珍贵文物，有明宣德年间赐封的“弘修妙悟国师”牌以及明天启五年（1625 年）由皇帝题赐的“西域胜境”匾额，还有众多造型精美的佛像、壁画、堆绣、唐卡等艺术品。

浩瀚的佛教经卷典籍，让隆务寺成为青海省又一处佛教艺术博物馆。凡是信奉藏传佛教的人，都知其规模、地位、影响仅次于甘肃夏河的拉卜楞寺和青海的塔尔寺。

同仁是黄南藏族自治州的州府所在地，因为隆务寺，就有了隆务镇。声名鹊起的隆务寺，朝拜之人与游客让隆务镇热闹与安闲并存，有股淡淡的惬意。

四月的隆务寺还未进入旅游旺季，但是隆务寺在春日暖阳的照耀下，藏香袅袅，梵音阵阵，静谧笼罩着重叠的建筑群。天蓝云白，一切都沐浴在和谐安宁之中。

天气晴好，绿度母广场上游人络绎不绝。我们站在绿度母塑像前，环顾左右，三三两两身披绛红色僧袍的僧人手摇经筒，缓步走过，善男信女们虔诚地在广场上磕长头，绿度母塑像默默接受着所有目光的膜拜，或飞，或走走停停的广场鸽让一切充满了温馨和祥和。

依山傍水的隆务寺，一眼望不到头的转经筒，魅惑行人的目光和灵魂。

我和师父没有按套路出牌，而是从左侧入寺，找寻隆务寺与众不同的东西。

走在石板铺的甬道上，怀想历代有多少高僧大德曾从这里走过，又有多少虔诚的信徒用身体丈量过脚下的每一寸土地。藏传佛教教化心向善、向上的独特魅力，已深深浸染在隆务寺的每一个角落。

我们走过长廊，走在一些僧人的身后，跟在他们身后也转了经筒。转过诸多的转经筒之后，爬上山坡，让一切尽收眼底。

依山而建的隆务寺，错落有致、华丽宏伟，金顶的光芒，一片灿烂。

师父去过好几次隆务寺，他指着寺院中央的大经堂，说大经堂供奉着明朝皇帝赏赐的佛像，保存着宗喀巴大师的一件法衣。还说宗喀巴大师的佛像高十一米，底座周长近四十米，佛像通体贴金，镶嵌着金玉宝石……

我听着师父的讲述，一一领略建筑群里的古旧。

一座历时数百年、规模宏大的寺院一半建在山谷平地，一半依山而建，错落有致，汉藏合璧式的建筑，飞檐斗拱，显示出汉藏文化上千年来的不断融合。

师父说隆务寺出的高僧多，著述也多，有些很有影响力，流传很广。

折回，在度母庙前，一位戴眼镜的小青年，左手提袋里装着一瓶饮料，右手举着照相机拍照之余，不时打量我们。他的打量有点儿腼腆，他先跟师父搭讪，说话细声细气的。我在师父一侧听到他说他是新疆人时有点儿惊讶，小声嘟囔：从新疆来的？怎么感觉像南方人？

我的嘟囔与惊愕使他有点儿不好意思，声音略微大一点儿逐字逐句强调：就是新疆人，是上海某大学大二的学生，从上海飞到西宁，而后坐班车到的隆务镇，说已经在隆务寺游览了一圈。

我不再惊讶，也不再怀疑，倒是心里佩服他不远千里的独自奔赴。

大概几分钟后，他的话也渐渐多起来。他说他喜欢藏区，喜欢藏族的一切，无论是建筑还是艺术，都无比喜欢，他说结束隆务寺的参观后，已经买好了去夏河的车票，还要去拉卜楞寺看看……

率真的青年，执着的追求，我羡慕当今的大学生。他说一路的行走都很好，都不错，唯一的遗憾就是没有人给他拍照。

请别人帮忙拍几张啊，或者遇到像你一样一个人旅行的，可以搭伴啊。我的建议使他扶扶眼镜，说有时找不到志趣相投的，说一个男人怎么跟女生一样要结伴而行，还说麻烦别人多不好。

那样啊？那样的话，有点儿遗憾也好。我说得言不由衷，心里倒是小看了他，他把自己说成男人，超强的自信。

师父只是笑着，听他说完，主动提出给他拍几张照片，他腼腆地一笑，在师父镜头下摆了一些造型，而后看了看给他拍的，说很满意，并一再道谢。

一段小插曲结束，与小伙子别过，到了午饭时间，我们也走到了经学院。

在经学院亮堂堂的空地上，摆满了一双双毡靴，每一双摆放得都各有特点，显露出主人的性格。齐整摆放的、左一只右一只躺倒的、两只靴筒都耷拉的，像刚结束训练的士兵，有的累了、有的精力旺盛、有的懒散、有的讲究。

空地一侧一个很旧的大房子，一两个喇嘛出出进进、来回忙碌，门口坐着一个颇像乞丐的藏族男人在歇脚，一位头戴绒线帽的年轻人执壶倒了一杯奶茶给他。

我和师父径直走去，看清上面写的是显宗学院大食堂。执壶的年轻人很友好，扬扬手里的壶，眼神和手势在示意我们喝点儿奶茶，我们含笑摇头谢绝。

食堂里忙碌的喇嘛们很热情，我一改胆怯，跟那些从经堂与食堂之间来回走动的喇嘛道明想拍几张照片的意思，也说了想去大经堂看看的想法。他们很开通，说在经堂不拍照就可以。我们点头答应，收了相机，跟在一位年轻的喇嘛身后，进入经堂。

我无法用言语描述那是怎样的一种感觉，我不敢正眼看那些喇嘛，偷偷瞄一眼，立即低头。喇嘛们一排排相向而坐，中间的通道宽一米左右，他们赤红的僧衣，在高大昏暗的空间里显得暗沉。我们走过去，我芒刺在背，感觉他们齐刷刷的目光能把我的想法赶得无影无踪。

那么多喇嘛，他们的目光若顺着我的脚步，或许连我的骨骼都会被看穿。

我走了十几步，见有些喇嘛面前放着一些馍馍，有的面前则没有，不过我还没有走到中间，便无勇气和胆量继续向前，转身往回走。我低眉顺目，踮着脚尖走出大经堂。

出了经堂，长舒一口气，整理了一下情绪，请教食堂的那几位喇嘛，为何有的喇嘛面前还放着一些馍馍。他们说那些馍馍不会浪费的，放在谁的前面就是谁的，会被吃完的。

炒面也从经堂端出来了，一盘一盘，我都忘记数了多少盘，但是又想起没有见到碗，嘀咕那些念经的喇嘛拿什么拌糌粑呢？一位年纪小一点儿的喇嘛，我猜只有十几岁，他看我一眼，笑而不答，指了一下他的靴子。我笑笑，我的笑使他脸一红，他便跟身旁的喇嘛做个鬼脸，转身进入食堂。其中几位将盘子放在一块，说碗都装起来，在僧袍里呢。

我站在那里，看他们一盘又一盘，把炒面倒进编织袋，盘子用白色哈达拂拭了，摞在一起，而后抱进食堂。

他们继续他们的工作，我发现经堂前的地上散落着一些青稞粒，还有桑烟灰，两只鸽子在空地上走来走去，时而埋头盯着青稞粒左旋右转，一一啄食，也没有因为来回走动的喇嘛们飞走或是远远站着。我们相机的咔咔声，也没惊扰它们啄食，安详的气息弥漫在大经堂前，也弥漫在那个午饭时刻。

鸽子们大概吃饱了，咕咕咕地叫着，一前一后飞上经堂的窗台站定。经堂与有些佛教寺院里的建筑一样，墙壁黑、红、白为主的色调，描摹了一个神圣的地方。长方形的窗户，窗台较宽，两只鸽子咕咕咕叫了一会儿，开始亲昵起来，全然不顾我们的仰视。它们相互梳理羽毛，相互依偎。

爱不管不顾，在桑烟袅袅、阵阵的诵经声里穿越。

一阵风过，寺院大殿殿角的风铃作响，那悠远空灵的声音，仿佛是天籁之音，不由闭眼享受宁静。

在弥勒殿前，一群鸽子肆无忌惮地啄食着石板间的草籽，僧人走过也没有打扰到它们。或许，在佛法的感召下，人与动物早就达到了和谐境界。

悄悄离开，转到另一个地方，从文字标识看来，那是文殊菩萨像。

阳光下，几位藏族男女围坐在一起，正在吃蕨麻米饭。蕨麻米饭挺好吃，我在叶佳木大叔家吃过，香甜、爽口。

那些人不介意我站在那里看他们吃饭。与我一起站着一位戴眼镜的青年，头发很短，小络腮胡，穿着运动衣和牛仔裤，右手捏着一串珊瑚佛珠。他很友好，告诉我说他家人的朋友在做千字经祈福活动，他来帮忙。他说文殊菩萨是智慧之神，说我应该去拜拜文殊菩萨。

我说我很唐突，或许打扰了他们。他则说都在吃饭，不会打扰。又说，文殊菩萨也不会介意的。听他那样说，我鼓足勇气，步入大殿，一盏盏油灯，点燃我的一盏心灯，我留下虔诚的一拜。

我拜毕，发觉那个叩拜的木板上，有两双脚印和四处凹槽。我很纳闷，对殿外的他求证木板上的凹槽和脚印。他说那是喇嘛们磕长头时间长了磨出的，我不相信，满脸疑惑。他浅笑，说真是喇嘛每天磕长头膜拜磨出的。我又入殿细看，发现左边的脚印深，而且略微小点儿，凹槽也比右边的深。凹槽是双臂伸展磨出的，比脚印浅一点儿。那双脚印，就像是刚刚踩下的，脚趾处发亮，闪着岁月的光泽。

此时，师父脱鞋进了大殿，双脚放在右边的脚印上，不大不小。大概，那位喇嘛的个头与师父差不多，中等身材。不知何时，身边多了一位藏族大叔，他也说那双脚印，然后与我们一起猜测磨出脚印的时间，三年，五年，最后猜测大概是十年。十年的膜拜，让时间刻下虔诚，真是不易。

藏族大叔说，左边磕长头的时间长了，害怕木板变薄，就挪了下磕头的位置，所以左边磨得深些。

我有些失语，不知如何与他们对话，也对那位未曾谋面的喇嘛心存敬意。

我们都沉默不语，几分钟后，师父率先打破沉默，青年也给我写了一个网址，说从那个网站上可以了解关于藏传佛教的知识。

他说作为一名虔诚的佛教信徒，他认为佛带给人间的就是平静安定。

我们的交谈，已经超过一小时了，他的阿妈来找他，他把我和师父介绍给他的阿妈后，又带我们小转了一下，与我们一起领略热贡艺术，而后他跟他阿妈回家，我们离开。

他的真诚、他的淡然，还有他传递给我们的一份真情，让我记住了他：一位在隆务寺遇见的藏族小伙儿多杰，一位青海大学工商管理学毕业的藏族青年。

走着，看着，隆务寺的金顶、白墙、僧人、信徒、游客，一切让我感到心安，喧嚣与嘈杂荡然无存。

风缓缓吹来，我依稀听见风铃的叮叮当当。

或许，风也在诵经。

我突然心生幸福感，我的相机记录下的一个个美好瞬间，我在隆务寺的一个个遇见与一个个温暖的微笑，僧人司空见惯的一切，一颗颗心千万次的虔诚叩拜，所有的一切，文殊菩萨知道，众佛有目共睹！

第四辑　虚拟或真实

一壶光阴

阳台上的植物，在光阴中变得明媚。

居家小区的门卫换了好几次了，最近几年，一直是个姓马的回族老头和他老伴及孙子们，热闹了我们每天进进出出的地方。

日子一恍惚，好几年过去了。

马师家口较大，大大小小好几个人，他最小的孙子现已入了幼儿园，小点儿的自然读小学了，大点儿的女孩，也戴了纱巾，至于待字闺中还是出阁了，不知就里，只是隔上一段时日会遇到，如此断断续续的，一年多过去了。

一大家人，男男女女，看去很是热闹，是否烦乱，从马师的脸上也看不出来。就像街头一路欢歌而过的洒水车，叮叮当当，让所有人注目，甚至被顽童欢快地接纳那点点滴滴的喷雾，欢喜不言而喻。

叮叮当当的日子，在叮叮当当中滑过。孩子们渐大，马师见老。

有些老很显眼，一年三百六十五天，天天相见，本以为看不出老，谁知竟然那般分明。

发觉到马师的老之后，我在一个秋日午后对镜审视，脸上松弛的肌肤，暗淡的眼神，一道道散在眼角的细纹，与那些宛如刀刻的褶皱，一起戏谑我的惊愕。

光阴就这样留在我的脸上，而阳台上的植物，那些在我家度过几载的生命，从茎秆到枝叶，唯一能看得出的，就是一个一个移栽的花盆，从一般到看去长眼的，从砖红色到多彩的，都将一个个日子作了解释。那些生长旺盛的花儿（尽管更多日子看到的是叶片），很合我意。因此有了一些小小的得意，得意之后，又有点儿怅然若失。

我不是无病呻吟，不是百无聊赖，只是在得意中发觉光阴爬上额际的一切，在阳光下闪现岁月的无情。

像我一个在农村长大的孩子，对有些植物的生长信手拈来，无须刻意，只要稍稍留心，就会将一盆发蔫的绿宝石料理得叶子油光发亮。因此，被冠以“手气旺”的赞誉。其实，我心知肚明，因为那一方阳光，那些花儿们的光阴自然惬意。

阳光一点儿也不吝啬，总会穿过墙壁、穿过玻璃、穿过凡是能穿过的一切，直抵植物的内心，也向我心而来。

于是，文字忽然变得生动起来，灵感也有些调皮了。

一些思绪，一些情感，也跟着阳光，一壶一壶地醉了。

想念也是有脚步的，总是顺着光阴，一步一步，在间或的沉默寡言中，点缀了风的行囊。

这世间，每个人都有权利选择自己想要的固执。欢喜与烦忧、冰冷与热情、痴迷与淡漠，与他人无关，光阴会一视同仁，不会挑挑拣拣，不会眷顾谁，更不会落下谁。

日子就在一壶的光阴里晕开。早些年，村里的老者，喜欢在炉子上烧一壶水，壶不大，也就恰好两三人吸溜吸溜地过茶瘾。村里的很多人都是有茶瘾的，哪怕几块钱的茶叶，哪怕放上那么几根，再忙，也会让一壶水滚沸后，加点儿凉水，继而烧开，水入杯，又加水，直到喝得心满意足，才会将开水灌进暖瓶，起身忙活。叔叔和婶婶们一样，一天也不会让茶瘾捆住手脚，冬天围着火炉，夏天也会蹴在炉旁，等那一壶水烧开了喝茶。

日子一长，那把被烟火熏得黑乎乎的水壶，有了岁月的温度，日子也一天一月一年，被熏过来了。

叔叔老说老家的那把水壶有些年头了，漏了补，反复了几次，用不成了，只好放在院中角落，虽无用处，也不扔掉，一直放着。想必叔叔看到那把水壶，会想起那些年熬过来的日子，苦乐参半，烦忧于心。

在一壶光阴里，岁月不老，人世不老，而老了的心情，老了的日子，看着孩子们在一个个烟熏火燎的日子里蒸煮，重复生活，多少难言的话语，统统随着一壶水，咽下了。

春雪作花

那年六九时，还没有过年，按理天气应该渐渐变暖，可是恰恰相反，冷得出奇。日子按部就班，无多大变化，连过年的感觉都荡然无存。

过年时已到七九了，天气暖和，地气上腾，残留的冰雪开始消融。忽冷忽热的初春，上下班时便把自己个儿捂得严实，原本怕冷的我，手脚自然也是凉兮兮的，便会妄想在老家的土炕上美美地睡两天，这成了一时的妄想。

雨水时节，湿意尽显，节气还真灵验。

唐代诗人韩愈的《春雪》也让我的思绪在乡下找寻草芽，他的“新年都未有芳华，二月初惊见草芽。白雪却嫌春色晚，故穿庭树作飞花”唯美了好多念想。

星星点点的雪粒，簌簌降落，落地即融，一切湿漉漉的，感觉甚好！

其实，那种感觉就是对春的念想，对春雨的一种挂念。

一场大雪，实际意义上的大雪，纷纷扬扬，如絮飘在风中，覆盖了一切时，乡村是最美的。

下雪了，细心的人家，总会把房屋墙根的雪清扫得极为干净。

记得我们最初在小城蜗居时，凡是雪后的清早，父亲或是母亲早早起床，把我家房屋墙根的雪打扫干净了，才会扫院中的，因为出门即是街道，所以也为路人扫开了半截无雪的路。

时间久了，远远地只要看到房屋拐角和不到二十米的地方无雪，就知道那是我家。路人起初以为我家是为他们方便行走而扫的，其实不然，土墙经不住水，父母是怕雪融化了，会洇湿房屋墙基，即便如此，墙根的一圈还是有土掉落。

我长大一点儿了，雪后的清晨，偶尔会早起，在上学前也照着父母的样子，把墙根的雪扫开，也为行人扫开一截干爽的路。

记得父亲说，土墙经不得水泡，就是不泡，日子长了，土也会发馊掉落，如果不提防点儿，怎成？

如今，住在楼房，二十多年没有扫过屋子墙根的雪。雪年复一年地下，心渐渐老去，无心挂碍小院如何。其实，何须惦记，都是砖瓦房和钢筋水泥建的，一点儿雪怎奈何得了？

只是，生活里熟悉得再也不能熟悉的举止，在岁月的打磨里，一些场景成为永远的记忆，有些留存的，是绝对不能删除的。就像扫房屋墙根的那点儿雪一样，举手之劳，意外地让路人感觉到一点儿的快乐，而在简单的快乐里，传递的一些温情是不容置疑的。

隐约记得，后来邻里的两三家人，也会在雪后扫一下，尽管是在小巷道里。

我像个婆婆妈妈的老太太，总是一段一段，回忆一些关于雪的往事。

记得，屋前的空地上，家畜也忙着在画布上留下踪迹。风，让大地皱起了眉头，像有时候的心情，忽左忽右。最初是猫儿烙下的梅花一前一后，鸟雀，尤其是麻雀，跟人的心智很相似，活跃地在原地跳来跃去，几分钟后，大地的画布揉皱了一般，凌乱不堪。性情温和点儿的麻雀，即使跳跃，也凸显出踏实。鸡爪印是很难见到的，那些在鸡舍里闹哄哄的鸡们，除了当鸡崽时在院子里由着自己个儿的性子刨食外，几个月后，除了结束生命的那一刻，一生都在属于它们的天地里打发日子。羊儿在冬天也是惬意的，安闲地嚼着干草料就行了，它们的一生撒着欢儿跑出家门的日子，远远多于待在圈里的日子。主人绝对不会亏待它们的，它们用熟悉的咩咩声，阻止主人在雪天里的偷懒。牛儿也在棚里反刍，如果不是雨雪，它们的一辈子总是拴在场院的木桩上，所以，那些哞哞声里有些撒娇的得意，得意的声调都变了。

喊什么喊，叫什么叫，会给你们吃的。带着一丝埋怨与溺爱，主人总是拍拍身上的雪花，吐着寒气，一边骂着一边忙活着，对那些调皮的羊拍几下。那掌力，分寸把握得极好，就像在自己孩子的屁股上拍几下，喜爱不言而喻。

在重复的爱里，立春之后，雨水之后，院墙外的有些花儿的枝头率先鼓起了芽苞，白色的毛骨朵，像被画上去的一般，一朵一朵，贴着枝头。

那一刻，我的手会痒痒，对着芽苞，摸摸毛茸茸的，捏捏有点儿硬，悻悻然里收手，左看右瞧，怕被骂。

此时，老太太发话了："都七九了，柳树该发芽了。"是呀，地气上升时，就听过姥姥和父亲在世时的念叨："七九八九，沿河看柳。"不用去河边，就在山村，就在老家的院墙外，那些率先探知春意的柳树，用一树的骨朵，示意春的到来。

暖阳下，风严厉起来，不敢舔嘴唇，因为稍不留神，唇角就会领略到风的威力，干裂生疼难免。手也一样的，保湿显得尤为重要。

春雪作花，一切开始为重复的日子盛开，而从不重复的心情，便是春花。

惊蛰，惊蛰

其实，离惊蛰日还有几天，可是恰好这几日阳光暖和，地气消融，尽管枝头的芽苞还等候春分的呵护，心底却是一派春光了。

注目街头行人的匆匆和悠闲，脸上似乎都带着汗津津和油汪汪。穿羽绒服的、穿毛衣的、穿衬衣的，都弄不明白到底身处哪个季节。况且中午热、早晚凉的，连穿衣服都要费些脑筋。

春寒料峭，乍暖还寒，春雪让人措手不及地来了。

惊蛰已过，但是我漫步时依旧会听到小区的老太太们围坐在院子里念叨："惊蛰寒，冷半年。"

"惊蛰寒，冷半年。"这是我熟知的话语，从小就听姥姥年复一年地念叨，我熟悉得再也不能熟悉了。然而，从那些由陌生变为熟悉的面孔上，从那皱纹满面、双鬓斑白的老太太的言语里，惊蛰似在眼前，似在当下。

春雪春雨之后，一切就变了。虽说风有点儿急，但阳光是和煦的，那样的日子，行走在乡间，夸张地把自己抛进地里，左瞧右看，细目脚下，土地已经不再硬邦邦的，一些松软的感觉从脚底传到心坎。

仰望，澄澈的蓝天，有着盛夏的旷远，云淡天高，忽而飘来的一团云，居然万般洁白，心也似乎柔软了，岁月的温存，顷刻间在心底漾开。田间返青的冬麦苗有点儿懵懂，青草芽儿还隐在枯草丛中，但浅浅的绿意，随风摇曳着。

老家的亲人们，在暖阳下，犹如蛰伏后醒来的红蚁，也忽然醒了一般，收拾农具，仔细地拾掇，准备下地。

此时，地里热闹了。那些去年种玉米留下的塑料薄膜，要一一揭掉，收拾干净，而后让旋耕机来来回回走上几个小时，地平整了，翻新的泥土看着心里都热乎。紧接着，一捆崭新的塑料薄膜又铺陈于地，一行行、一列列，疏密有间，恰到好处。

每个农人，在务劳田地、伺候庄稼地上，都有各自的拿手好戏，那大概也是个性吧？

江南的花儿，射杀了摄影家和行者的目光与脚步，他们纷纷赶赴在与一场季节约定的路上，而我杵在西北高地的小城，面对返青的冬麦，念叨着“过春分十里，尽荠麦青青”的美妙，跌入自己的春天。

我期待着探春、迎春花儿的怒放，也如小区的老太太一般，对我的王子复述“惊蛰寒，冷半年”……

白露为霜

冰是睡着的水，那么霜露呢？

夜生的泪滴，成霜之前，是草尖上的那一粒粒珍珠，晶莹剔透，手指轻触，滑溜溜地滚动，可人得不是一般。

一些露珠因为外力从草尖上滴落，从叶片上滚落，也从掌心的一丝温热中溅落，与大地亲密接触，不知算不算华丽的转身。

在草尖上，露珠吸附了天地的精华，到了一定的日子，成水霜、成冰霜，完成天地的使命。就像一篇诗稿，句子不多，放下就放下了，也不多看一眼。

细想，又不一样的，那些孪生的露珠，还有来生的轮回，前世今生，三生石上，其性其心，并未改变，哪像诗稿呢？

我乱了的心思，在这样一个个雨丝霏霏的日子，洇开在一行行写得歪歪扭扭的文稿里。

红尘俗世里，多情亦无情，无情亦有情。像霜露一样，一些因为季节而生的情愫，会依着日子轮回。霜至天转凉，自然规律，谁也无法扭转，人世万物，都遵循着规律让岁月流转。

霜露也好似杀手，用其温柔的冷峻，刺骨穿心，将天地间的万物，转眼镀上了一层淡淡的白。

记得有人说，霜打的茄子虽然看去蔫蔫的，可是那茎秆是治冻疮的好药，伙同红辣椒一起煮沸，其水泡脚，可根除冻疮。

还好，我的脚上没有冻疮，但想想，那辣茄水泡脚，定是火辣辣的，脚的每寸肌肤火烧火燎的，冻疮不逃之夭夭才怪呢！或许，那就是对冰火两重天最直观的解释。

秋至霜来，季节很有规律地交替，就像冬装换春装一样。细想，如果没有四季的轮回，如果停留在一个点上，那又是多么的乏味。一样的装扮、一样的景致、一样的感觉，都一样了，索然无味，又怎会有激情呢？

秋霜，因了一个“秋”字，有些诗意不可避免。那些脍炙人口的诗句，将带霜的日子，重复着、唯美着。

“月落乌啼霜满天，江枫渔火对愁眠”“秋阴不散霜飞晚，留得枯荷听雨声”，哪一句不被铭记呢？

在秋的深处，一个个白露为霜的日子里，多少缠绵的爱情故事，为多少离别的思念而愁怨？

蒹葭苍苍，白露为霜。所谓伊人，在水一方。

假若一一梳理尘世里的遇见，那么一次一次的遇见，都在触不可及的感念里，会装订成册，会翻炒情愫。

如此，便有散文诗句倾斜的一些日子，铺陈出霜花的唯美和曼妙。

如果可以，宁愿做一朵霜花，盛开在你的清晨，即使被相忘于江湖，我也愿意让挤挤挨挨的情愫，在洇开的冰清玉洁里，你在，我在，就够了！

雨滴顺着静静的言语飞越而至

泽泽说过年不下雪的话，好像没有过年一样，儿时的记忆里似乎过年总在下雪。

因为泽泽说的话，表明我的记忆没有出错，倒是真如泽泽说的那般，不管年三十雪花飘飘，还是起初艳阳高照，后来雨雪霏霏，正月里，雪一直是不离不弃的。

记得这些年的正月初，站在阳台上，阳光温暖，不一会儿，透过玻璃的光束，会让身心暖洋洋的，若在正午时刻，额头和鼻尖会有汗珠渗出，无论怎样，欢喜是自然的。

那时，我会举着一杯速溶咖啡，瞅瞅阳台上的花儿，瞅瞅窗外目力所及的景致，抬眼望望深邃的天空，那个温暖的时刻，风会乘虚而入，安逸不过的短暂时光，惬意得再也不能惬意。

三两天后，天色没了温顺，又依旧冷飕飕的，如若细心点儿，注目窗外，一些如絮的雪花在飞舞。起初是零零星星的，一炷香的时刻，就漫天飘飘，不多时，淡淡的白色覆盖了心情和万物。

阴冷难免，却也奈何。于是，才寻思雨水将至，那些精灵的不期而至，是为了赴约。难道不是吗？

“一候獭祭鱼；二候鸿雁来；三候草木萌动。”我国古代将雨水分为三候，此节气大概是以南方的气候而分的，我们大西北哪有水獭呢？

水獭捕鱼后，没几日，雁北归。又几日，春雨绵绵，草木发芽。春天就这样在雨水之后到来了。

真是那样的吗？在我们大西北，红嘴鸥游得正欢，一到归期，一夜之间，就不见了呢。

我家居河之岸，在家能看到红嘴鸥的翻飞，能看到路人的站立，想必他们是带了一些爆米花的，否则怎会惹得那些鸟儿左右上下翻飞，聚在那方水域上空，像开会或是选举一般，有了稠密的感觉呢？

此景此情，印了回忆。记忆里正月十五前后，雪会飘洒而至，虽说纷纷扬扬多时，但一见阳光，就开始消融了。

静静说下雪那天傍晚，起初落的是雨，后来才是雪。

我乍听不以为然，几分钟后便有些艳羡静静了。静静感知雨滴的时候，我在小城的高楼处目睹窗外的万家灯火，错过了与春雨的亲密接触。

难道风雨也是有距离的吗？因了窗前的黄河，我忽略了雨滴，忽略了雪花。

一夜之后，又一个酣畅淋漓的清晨，天地呈现出一片纷繁的白。

银白里，红嘴鸥还是悠闲的，在即将离开的日子里安享幸福。当然，还有那些总会被抛撒了许多爆米花的水面，以及过些日子不再露出骨骼的浅滩。或许，在红嘴鸥飞离之时，活泛的不仅仅是小城一隅的青草，还有雨水带来的美好。

其实，静静说那天傍晚的雨滴时，我的心思已顺着静静的温柔，飞越在起初是春雨而后是春雪飘飘的傍晚，完成了一首属于正月的诗歌。

鲁冰花开

有一种花儿，来自某个地方，就像某个回忆来自心底一样。鲁冰花在小满过后、芒种之前某个特定的时刻，窜入我的视野，令我义无反顾，登上去往和政的班车，内心充盈的激情，在一路的向往中翻腾。

阳光正好，在友人鄂华的陪同下，出和政县城，沿着柏油马路前行，十几分钟后，视线里一条百米长的路边停留的车辆，无声地描述花儿的诱惑力。

左手地块里的苗木，像一道屏障，遮挡了鲁冰花。挪步，设想了很多次的画面，在葱茏的苗木、玉米苗、大豆田后，一个简易板屋前的花田，构建出一个花田守望者的王国。

红的、粉的、黄的、白的、蓝的，深紫、蓝紫、淡紫，玫红色的、紫白相间的，令画家难以着色的美，用炫目释然在大自然琳琅满目的色彩的面前，我有什么理由拒绝这一切呢，又有什么理由矜持呢？

一株株花儿，花茎颀长，尖塔一样立在叶片丛中，模仿着荷的高洁，而酷似八角金盘的叶子，散在花茎下，用心托举着花儿。花头或大或小，我比画一番，有的两拃长，有的不及，有的过之，大小不一。

那些像紫藤花一样的花朵，宛如栖息的蝴蝶，又若赶赴盛会的仙子，拧成花柱、绕成花束，一朵朵、一秆秆，矗立眼前。

风也无法阻止注目，串串花朵、株株花树，每一朵，花色自下而上，渐次扩散，由浓至淡，由大至小，最先绽放的最先凋谢，如此，从花束底部到梢头，在风雨中开放几个月，而后挂果结荚，又是一番景致。

每一朵花，都有一个故事，那个故事了然于心，与他人无关，看似热闹，又在热闹外静立。看似了无瓜葛，又息息相关，风花雪月的诗句里，鲁冰花算是稀客。

此刻，突然患了选择恐惧症一般，对着喜欢的艳丽色泽，没了主张。喜紫色，又爱玫红色，也喜黄色，这色也喜欢，那色也爱，越看越喜，越看越爱，最终都喜欢。它们像王庭后宫的三千佳丽，拥在一个空间，彼此保持着距离又挤挤挨挨，阳光下，娇艳不言而喻。

或许云彩也会嫉妒，一小片乌云，信誓旦旦地猫着身子过来又悄然让开，估计也被纷繁的花儿所折服。

鲁冰花吹响的集结号，在一场盛大的集会里，炫目了田野。

朱姓友人说，鲁冰花原产于墨西哥，二〇一二年在和政引种成功并推广，耐旱、耐贫瘠。第二年若生长良好，最多的花箭可达三十支以上，高度可达一米二。

花箭可达三十支以上？高度可达一米二？那是什么概念啊？不过，我没有细究，因为不重要，眼前的花朵激发着我的狂热，不管不顾游客的惊讶，撑开双臂，用内心最真的情去拥抱，拥揽一方绚丽入怀，并用仰望的姿势，置身喜欢的境地，沉浸其中。

被特许行走在花田，我心狂热过后，冷却得痴迷挪步甚至安坐。

花田并不大，仅有六亩，可是感觉竟是六十亩或者六百亩，置身其间，蝶舞蜂闹，嘤嘤嗡嗡，田园交响曲的主角是蜜蜂，听众居多，指挥家是鲁冰花。

或长或短，或快或慢，此起彼伏，停歇与续写，鲁冰花说了算。

风来，田野在傲慢与偏见中，依然含蓄地表达了对鲁冰花的偏爱。

灰条也在争抢着一份路人的张望，荠菜也努力与其比肩，不起眼的白色花朵，一点儿也不示弱。还有槐麻花，黄色与白色的花朵，点缀其间，各自为阵，在喧闹中静享阳光的青睐。

惬意，无比的惬意漫过鲁冰花，击中那一束束彩色的塔状花物，也令喷薄于心的文字，漾在花田的细微处，并顺着鲁冰花的茎秆，开出一朵无形又无声的花。

走过去，折回来，左侧的大豆花羞答答地迎合着鲁冰花的炫目，腰身高于鲁冰花的杨树或者柳树苗木假装帅气，在风的撮合下也不失时机地扔过来一些羡慕。还有那些没过多久就蹿得老高的玉米苗，也虎视眈眈鲁冰花的美。

谁让这“异乡人”夺取了春光呢？谁让这一切来得太突然呢？我似乎听见大豆与玉米的窃窃私语，还有油菜恨铁不成钢的恼怒。

小屋与犬吠鸡鸣，守望着鲁冰花，自晨至夕，从夏到秋，鲁冰花的花期漫过田野葱茏的绿色，扭成宁河秧歌里蜡花姑娘的腰肢，扭开一个喧腾腾的日子。

鲁冰花的落座，不是偶然，是一个有心人从远方请来，在安家落户的呵护里，鲁冰花落地生根，开花结果。

宁河的夏秋，因为鲁冰花，热闹开来。

一方阳光下，一把小凳，坐在鲁冰花眼前，身心安置在侧，花美得让一颗心颤抖，我竭力按住激动，平抚焦躁，静坐成一幅水墨画。

那首脍炙人口的《鲁冰花》，一直铭记于心，只是对于“夜夜想起妈妈的话，妈妈的心呀鲁冰花”这句歌词有疑虑。因为愚笨，没有见到歌词，所以有两个误解。其一是把鲁冰花理解成与冰花有关的植物，其二又把“夜夜”当作“爷爷”而耿耿于怀，想到一来爷爷很可怜，他妈妈的话是永远也听不到的，二来爷爷为何会想起妈妈的话，爷爷比妈妈老吗？难道妈妈英年早逝吗？

青春年少的不解，并没有因为时光的流逝随风而去，回忆渐行渐远。

其实，那年将鲁冰花误以为曼陀罗花后，一直心心念念，等候着花期的到来。而在某个瞬间，鲁冰花不打折扣地征服众人的目光而纷纷赶赴，一睹芳容。

一位老者，顶着草帽，拄着拐杖，提着一个马扎，颤巍巍而来。他也不与人搭话，在花田前坐着。

老者是沉默而又安静的，他看似面无表情，可是目光会随着赏花者手指的方向看几眼，也会望几眼陆陆续续而来的游人。

因为好奇，偷偷打听，他是花田边的村人，他每天都会坐在那里，是最忠实的赏花者。

假若可以，假若可能，我老了，别离钢筋水泥构筑的空间，住在鲁冰花田边，晨昏的眼底满是五彩缤纷的唯美，何等幸福啊！

风徐徐吹来，额发皆飘，心境淡然恬静，饱满而真实的日子，令内心充盈着自然的宽广豁达，往事的点点滴滴和着鸟鸣和蜂闹，便是人生的至高境界。

“宠辱不惊，看庭前花开花落。去留无意，望天上云卷云舒。”

在一个离心很近的地方，驻足，停留，歇息，观望，沉醉，迷恋。青杏煮酒，谈诗论月，曼妙从此地开启，又何尝不是美事呢？

广河唱词

年年岁岁，岁岁年年，我的新一年里，我如何重复日子呢？描摹旧图？或是异想天开？一些心思又跳出脑海。

此刻，夜已深，夜空的一弯下弦月，浅得不能再浅，一个清冷的夜晚，所有的假设在延展。我醒着，失眠揣摩一些既近又遥远的人与事。

脑子里突然闯入广河县的东乡族“亲戚”。他与我的那些亲戚不一样，是有区别的。从几年前开始，我们大家有了各自的帮扶户，我们管自己的帮扶户叫“亲戚”。有了那些“亲戚”后，不知不觉中大家聊天的话题变了，开始关心庄稼的收成，关心“亲戚”的收入等。

记得初次在广河县的庄窠集，与我的新“亲戚”见面，握手相识，而后带着各自的心意，向新“亲戚”家赶去。有些赶来“认亲”的男人，有一丝羞涩，有些不好意思，可是笑得很真诚。

我的“亲戚”姓马，是东乡族。他年近花甲，说话慢腾腾的，推着一辆旧式自行车，领着我去他家。

村委会与他家近五公里的距离，在我们一路的闲聊里渐渐缩短。

我跟他说我自小生活在农村，知道庄稼人的日子过得不容易。或许我的一些发自内心的话，让他感到我的实在，距离一下子拉近了。他也给我说实话，说对我这个“亲戚”满意，不会给我难题，说人的精力是有限的，上班的人也有难处，我这个“亲戚”就是帮不上什么，他心里也高兴。

面对朴实的新“亲戚”，我不知该说什么。我的老家的亲人们，此刻也结了“亲戚”，也有了帮扶他们的人，他们的心里也该是如此敞亮的。

路上，他随着我推着自行车走得较慢，我们边走边说，也不觉得累。说收成，说家里的情况，说庄稼人过日子的一些难处，也说穷的可怕。

我不知如何称呼他，就管他叫姑舅。姑舅虽然只是称呼，而在此刻，是尊重，是真诚。

不觉间，在一扇木门前停下，他说他家到了。我心里倏然一惊，这样的大门，在我老家算是古董了，低矮不说，还破旧，高个的人要低头才能不碰到头，心里顿时酸酸的。他家的确困难，一口井台上的辘轳，旧得有点儿沧桑；堂屋是新修的，看上去还干净整治一些；靠东的老房子与新房无声地比较着新旧。在热情里，在倾诉里，他们家的难处慢慢倒出。

我不知说些什么，只说一切会好起来的！我也确信会好起来，因为我老家的亲戚们都一步一步地好起来了。

他嗫嚅着，袖手站着，表情有些复杂，然后是说这说那，我没有词穷，因为我与他们没有隔阂，我理解他们的辛苦。

那一天在新“亲戚”家的走动结束了，然后又沉入日子，忙碌，继续，重复。

在很多的忙碌里，我与我的新“亲戚”不曾断了来往，电话往来间，他的一些难题被道出：几间房子塌了，修不起房子。我把情况如实地汇报给单位领导，我与他一样在期待。然后的然后，在一系列的调查了解核实后，他家享受到县上三万元的危房改造补助款。

他再次给我打电话时，语调不似前几次低沉，而是干脆利落，就像给牛羊喂的豆料，嘎嘣脆响。他说他的生活有了奔头，三间房子的主体修起来了，剩下的要靠自己。

他高兴，我也高兴。

再去他家时已是深秋了，他大步流星走来，看上去像个中年人，脚底生风，让我有点儿不敢相信是他，因为第一次和第二次见到时他像个老头，脚步迟缓，说话也慢。我和同事们打赌，说绝对不是他，而村里的人说就是他，说去年以来，他就是那样的，人精神着呢。随着他走近，随着他老远就扬手与我们打招呼，随着他的呵呵笑声，我才相信是他。

人逢喜事精神爽，他笑得爽朗，一点也不掩饰高兴之情。步入他家，真替他高兴，尽管那三间房子的细活还没有做，但一看主体就很阔气，毕竟与村里人的差别不太大了，毕竟有了新房子。他热情至极，又是倒茶又是端馍馍地忙碌着，谢绝再三，他才坐下来与我们聊他家的近况。

他说儿子和儿媳去拉萨打工，两三年后回来了，就把房子好好拾掇一下，日子就好起来了。他还说来年要养些羊，满地的草，不愁养不好养，尕光阴①会越过越好的。

他还说，不管啥时候，有空了到他们家转转，散散心，吃顿农家饭。乡下空气好、风景好、眼界宽，尕惆怅和破烦都没了。

一个人对生活有了信心，言谈举止就不一样了。他的变化很大，侃侃而谈，没有以前的嗫嚅和忧愁，打算和计划在他的目光里红红火火着。

我们的“亲戚”们家家都有变化，一个比一个大，发家致富的劲头很足，没变的是对我们的热情。

---

① 甘肃、青海方言，小日子的意思。

我深信他的话：尕光阴会越过越好！

站在他的还没粉刷、没有安装门窗的新房子面前，我浮想联翩：日子会越过越好，我也一样，我的尕光阴也会如我所愿变得五彩缤纷，我也要像我的“亲戚”一样怀揣梦想，加油、努力。一年也就三百六十五个昼夜，看似很多，算算其实没有多少日子。

春花开闭，夏花又至，秋花纷繁，冬花曼妙，四季一晃而过，那么美好的日子，我的期待很简单：想参加至少一个笔会，而且是在南国的笔会，深秋或是初春，只要在南国就好。甘蔗地、香蕉园、菠萝田，在南国风情里的行走，有些诗句或是文字应运而生。那一刻，希望我举着新出版的文集，作为最好的信物，给我的友人。

其实，我的野心还是在笔会之后，在一个心仪的地方能打发休假的日子，在一个客栈，看山看河，看景看游人，我的背影成为景致也被游人看，成为古城里一个小小的角色。

青砖、灰瓦、白墙，我着一身蓝色印染织布的衣服，踩着绣花鞋，鬓发戴花，每天穿行在古城。偶尔，在小城的一角，拿着我的二胡，让《二泉映月》幽幽响起。而后吃茶，发呆。或者挑个心情特别好的日子，拿起画架，几笔的临摹，扣住一些画面和故事。

而后返回，归入生活，穿行在我的王子读书的小城。黄河、丹霞地貌的山峦、网箱养鱼、打鱼的小舟，都在我的目光里游弋，并入、画入我的小文。

因为有一个笔会能让我与友人促膝长谈，有一个地方能承载我的心灵歇息，我的期待热切，我的中国梦，东乡族“亲戚”的中国梦，每个人的中国梦，都熠熠生辉在各自的心海。

我居然在我的东乡族“亲戚”面前做起了我的中国梦，我不好意思地笑了……

高枝霜果红

咦，像柿子！这个东西是不是面蛋？瞅着路旁的红色野果果，我的好奇心一触而发。

像梅花，师父感叹。也是，路边不见阳光的地方，白雪还皑皑着，就在雪落的树梢上，红色的野果果，拧着疙瘩映入眼帘。

我手搭额头仰望，那一簇簇的红色，真像盛开的梅花，又像凸着花骨朵的杏花，不由心生喜欢。

面蛋儿，能磨面的。朋友用他的康乐话介绍红果果，他的卷舌音带着儿话音的尾音，软和，听起来舒服。

磨面？那要多少棵树上的多少颗果果啊？

红红的小野果，在无丁点儿叶子的枝头，拧着疙瘩，像柿子一样挂在枝梢，康乐人叫石枣。

石枣，有红的和橙黄色的两种，酸酸甜甜的，好吃。朋友对红果果的介绍很简洁。

石枣？酸酸甜甜的？难道是康乐的特产？酸酸甜甜的野果果，富含氨基酸的小果子，是村庄的最爱吗？

就在马姓人家屋后的坎上、院落边，几棵石枣树接纳了我，不，是那橙色的石枣，一下子俘获了我的初心，赞美飞在院落，相机和手机苏醒一般，纷纷摄取最美的瞬间。

那抹明媚的色泽，在阳光下闪耀，瓦蓝的天，灰褐的树干，枝条上流动的橙色，成一幅大地的画布上的油画，冬日灿烂的秋光，流泻着简约之美。

一颗颗如樱桃，确切地说比樱桃小的果果，在橙黄里又深浅不一出黄的百般色泽。或深黄，或浅黄，或橙红，或阴阳两色，拧在一块儿，挤着挨着，生怕被我们的目光剜去。

在如此尤物前，保持风度，有点儿不解风情，只有毫无遮拦地暴露贪婪和喜爱，才算对得起石枣。

石枣不是藏在深闺人未识，而是世人姗姗的脚步，冷落了石枣的一腔真诚。如若这样，又何必矜持呢？我拽着枝头，摘一颗入口，酸涩，味蕾被激化，于是摘了霜雪青睐后的有点儿发蔫的石枣，咬破，沙沙的，有点儿酸又有点儿甜，感觉像山楂一样，那籽粒也紧紧依偎，用舌尖抵了慢慢分离，别有情趣。

在欢喜或惊喜中，我的贪得无厌该是可以原谅的。几颗入口，念念不忘，经主人撺掇，索性拿了塑料袋，站在树下，先是观望，目测稠稀，而后锁定，绕来绕去，尽可能选大的摘。

那欢喜的物种，不用修剪，来年该是更繁茂的。我们是不花力气的修剪者，在几棵树底下转来转去，已经入袋好多，还不满足，见坡地边一树橙黄，又攀上去。师父素爱画画，近来更喜画野果，也一改内敛风度，索性折了枝条，用来入画。师父仰头，伸长臂膀，左手拽枝，右手摘取的姿态，居然有几分憨态。我不是画家，若会写意，那么那姿态，那脸上暗露的喜色，该是一幅富有情趣的田园写意。

师兄更是厉害，凭着独到的眼光，专挑个大色美的摘，而我则是包揽，不管大小。

我的贪婪，最终显现。师父、师兄与我，不管吃还是画画，各取所需，我摘得最多。我也不怕笑话，能在陌生的地方显现贪婪也是一种勇气，就像那田坎坡地上的石枣，默默地生长，也是一种勇气。

好客的主人说，石枣要霜杀过才好吃。还说在炕锅里熬，或文火煨了，更好吃。

这小小的野果果，一直挂在枝头，直到霜雪临幸后，才升华自我的吗？想一想，口水作祟，又一颗入口，咂摸酸甜的味道。

陌生的地方，陌生的景致，陌生的石枣，我的文字瘦弱不堪，找不出丁点儿满意的字眼描述，但康乐的风，和暖的阳光，让我在树底下的贪婪，映射出和暖。

采摘石枣的感觉，居然勾起了我儿时摘面蛋的情景，恍惚就在昨日。那红色的小果果，熟透时暗红色，一看就喜欢，与康乐石枣的味道又不一样，酸甜滋味，该是光阴的味道。

师父说，能摘到石枣，能如此随心随性地摘取，要的就是一种心情。

要的就是心情。从石枣树下返回，我还不肯罢手。左手拎着摘了许多石枣的塑料袋，腾出右手，又揪住枝条精挑细选，在那鲜艳的橙黄里，觅得一颗大的摘了，也不擦拭，直接丢入口中。

摘的就是心情，喜上眉梢的一天，在熟悉的山野，与石枣的相遇里，一些文字变得美起来。

烟火关山有诗意

六月去探寻关山大峡谷，在记忆与惊喜、初见与欢喜、失去与寻找的行走里，美好在延续。

关山大峡谷在永靖县关山乡的红楼村，穿过村庄，穿过麦田，路过散发着蒜香的地头，向着峡谷行进，风送来隐隐的玫瑰花香。

红山白土头的独特，在天蓝云白草绿里愈加静美，鸟儿的啁啁掠过风的指尖，信步而行，一些没过膝盖的草间，蚱蜢腾跃，惊喜闪现得恰到好处。

“蚂蚱！”同事张姝的惊叫，催生出行走的美感。

“野兔，野兔！”摄影家王思源、蒲正芳和摄协副主席兼秘书长胡兆萱，因为镜头捕捉到野兔而惊呼。

“哪里，哪里？”疑问让遗憾衍生，动如脱兔在瞬间上演，哪里还有野兔的踪影，一步三跃进入了草丛或是苞谷地。

蜂子，嘤嘤嗡嗡出的恬淡，让一簇簇花草尽兴生长。顺着河滩而行，水流清浅，石子或散淡或簇拥，如繁星满天的星河，流痕洇出条条曲线，婀娜自在其间。青石为基调的泼墨画里，或是祖母绿或是暗绿，或是浅橙夹杂着墨色的流水石，皆在终结着所有路过的灵魂……

泥沙松软，踩出的步履印痕，镌刻分分秒秒的穿行。流水多日不曾眷顾的方寸之地，干涸难免，层起的片泥，竟如精雕的工艺品，大小不一，多边形与椭圆形相互渗透的分割，远观似油画。

是否这些片泥如那关山的百合，静静地生，默默地长，淡淡一些惆怅呢？我不知，想必风也不知。

在信步里，有些丝丝的忧伤，大地的隐痛在分秒之间蔓延，流水的青睐会阻止一些心伤，至少不会有不间断的片泥层起。难道美好总是会伴随一些心疼吗？不管是大地的心疼还是路人的忧伤，或是村庄与河床习惯的忧伤，都是伤，即便是芝麻粒大的疼，那也是伤。

一侧绛红色风蚀的砂石层层叠加，浅浅出岁月的刻痕。凹凸不一的形体，独立出独立，风尖酸刻薄出的印记，彰显的纯粹与原始，一览无遗。

他们如饥似渴，边拍边行，惊呼声与惊叹在河滩地漫出一幅幅剪影。汗流浃背，面红耳赤，气喘吁吁，所有疲惫折射出的必须有的动态，又成一幅动态画，印在近乎荒芜的河滩地。

或许，在抵达峡谷之前，热身运动是前奏，是为了让峡谷恰如其分地闯入视线。

在河滩地走走停停半小时后，目光被峡谷锁定，层峦的山体，密密麻麻地层层叠叠出鬼斧神工的唯美。

块石很不规则，在峡谷信马由缰，在细流中静默。风或是山水刀削斧砍的浩荡之气，铺展出空旷，不似被开发或是打造的峡谷。关山大峡谷是未出阁的女子，没有栈道，前行的路是羊倌和他的山羊踩出的，当然还有被峡谷所吸引的行者，背着摄影器材，在山羊走过的山路上涂鸦关于峡谷的美景。

一颗心被原生的美所俘获，按下快门的瞬间，咔嚓咔嚓的响声愉悦的快乐，或许是峡谷的快乐。

天然之美在随着前行点点滴落，无丁点儿雕饰的美渲染着好看。

是的，就是好看……

山雨过后的峡谷，流水泛红，清浅处云儿和山头在生长，极为安静。若不是被风儿轻轻吹皱，白云一直翻卷在水中央。

赤脚，沾水，在石块上拓出脚印的歪斜，留下永恒的瞬间。

不熟悉的景致就是在熟悉中精致的，半月前微雨中的崖壁，被毛毛雨洗得水嫩，似乎能在千层万叠中掐出水，诗意的浪漫，浪漫的诗意在更替。我异想天开，若有咖啡，若有音乐，又是何等的幸福？在石上静坐，看喜欢的文字，听心仪的歌曲，若再浪漫一下，带着二胡来一曲《我是关山的百合》，抿一口咖啡，继而沉浸，由着性子拉喜欢的曲子，不受所有的纷扰，惬意与唯美的美妙，尽在分秒间。

我在流水处的静坐被打断，入了峡谷，与外界自是断了联系，手机安静，心也是安静的，灵魂也在安静与震撼中一次次地让我感动和心疼。

落日在峡谷中随意涂鸦，山顶上的巨石落在面立的峡谷腰间，左看是梳着发髻迎风托腮而坐的女子，右看又是大鼻子的老头驾着老爷车在慢吞吞地行驶……

欢呼声里，相机与手机又轮流上阵，专业与非专业，都在光影的奇妙中留驻瞬间。

峡谷虽无百转，但一个又一个舒缓的拐弯处，一处又一处不可复制的美景在延展。那层层的山壁和片石，追逐的美，如那一瓣瓣的百合，一层一层，层层瓣瓣，都在关山。

流水过处，石块依稀光亮，还有岁月的花朵，盛开在石头的骨血里。

山羊追着细流的潺潺，也追着峡谷里草色的晶莹，留下一粒粒粪蛋蛋，被一丛草挡住去路，留下干瘪。

峡谷里的水痕，静静刻着山水的过往。暴雨或是阵雨过后，水是混浊的，吻合着心情。峡谷里的花草，虽与饱满无关，即使细瘦也年年守望着，戏说各自的生命。

生活的印记总是在留存，山坡的片石所砌之上的三截土墙，虽残缺但依旧稳稳站立，两盘石磨斜在土墙围成的空地上，磨眼完好无损。

两盘石磨，相互依偎，岁岁年年对着天地行着注目礼。墙基之下，约三米深处，横着的石墙上有一个可自由出入的拱形石门，水渠犹在，汪着一些水。土墙、石墙、石磨组成的曾经的水磨坊，不管是榨油或是磨面或是其他，都有迹可循!

忽然觉得关山人民是幸福的，契合关山乡打造“幸福关山，避暑天堂”的美好愿景。事实也证明如此，去峡谷的路上，一截又一截的水管在焊接中，问了村民得知，是从红光村引水到红楼村灌溉农田的，全长约三公里，是苏木沟流域的一个小型水利工程。

西流的水，东流的水，让关山的一切灵动和活泛了。

听说，穿行峡谷十公里左右，欣赏落日余晖下的峡谷，别有一番美气。但天色将晚，我们大概走了三分之一便急急返回，怕天黑不好走。

暮色四合，褚延南带我们返回。美在流泻，年轻的褚延南车技好，人也勤快，办事干脆利落，一路上给我们讲述关山的美好。

关山有褚延南这样的干部，这里如何不美，这里如何不幸福呢?

穿行关山大峡谷的疲惫依在，孰料满天的星光吸引了摄影家，他们三个人想拍星轨。我也猪鼻子插葱装大象，居然哆哆嗦嗦地取了相机，想着也拍一张星轨的照片过过瘾。

睡意荡然无存，在南堡村苏嫂家前的空地上，我和张姝一起看摄影家如何拍星轨。蒲正芳老师早就支好了三脚架等着路灯熄灭，王思源老师和胡兆萱主席则在调试他们的设备，快门、光圈，三分钟、一分钟，反复多次，以期达到最好的效果。

满天的星光下，我们很是渺小，繁星也很小很小。我仰着的脖颈酸痛了才收回目光，我装腔作势咔嚓咔嚓拍了好几张，结果黑乎乎一片，别说星轨，星星都不见一点儿。倒是用手机还拍到了三两点星光。悻悻然里，与张姝在院外的空地上拍自己的影子玩，让小时候的游戏在凌晨展开浪漫。

摄影家还在继续拍摄，我们俩玩了一会儿，感觉索然无味，又见苏嫂种的百合，花儿一朵、两朵、好几朵在灯光下静静地开着，感慨一番。

关山人民种植百合似乎是个传统，坡地、山地、菜园子，凡是能栽植的地方，都让百合花在盛夏红艳艳地开着。

苏嫂家菜园里的百合，我估摸着大概是两年生的，因为花头不仅小，植株也小。

夜风吹来，被誉为“避暑天堂”的关山，夜晚还是有些凉，我们俩缩着脖颈仰望，也张望了一下他们拍星轨的进程，哼起那首《我是关山的百合》：

一年一年又一年的红艳艳
白生生的一瓣一瓣又一瓣
我为什么生得这样好看
我的出现让关山变得如此浪漫

埋在土里我的心疼了千万遍
静静地生　默默地长　盼着天亮
为什么我生在这样荒凉的山坡上年年守望
……

我的二胡老师李海魂与我几易其稿为关山写歌，虽有着淡淡的惆怅，但是旋律的美感也感动着我。

默默生，静静长，埋在土里几年才把白生生的美展示出来，想想有点儿心疼。

我似乎有些造作，收回仰望的目光。

第五辑　风从阳光中醒来

做一个会挤时间学习、读书的智者

万年的风依旧吹，万年的河依然奔流，两千年前孔夫子“逝者如斯夫，不舍昼夜”的感叹，流传千古，把时间如水流逝，要倍加珍惜时间阐述得如此透彻。

时间对于我们每一个人都是公平公正的，也是无情的，说走就走了。所以，我们要做一个珍惜时间、充分利用时间、挤时间学习读书的智者，从而收获更多的喜悦。

鲁迅先生是中国现代文学的奠基人，被誉为“二十世纪东亚文化地图上占最大领土的作家”。先生一生著作无数，在文学创作、文学批评、思想研究、文学史研究、翻译等多个领域具有重大贡献，毛主席曾评价说“鲁迅的方向，就是中华民族新文化的方向”。先生之所以有如此伟大的成就，他的重要秘诀就是珍惜时间。他与时间赛跑，挤时间写作，即使在除夕之夜也没有停止写文。先生习惯以各种形式鞭策自己珍惜时间，在卧室墙上挂着勉励自己珍惜时间的对联及最崇敬的人。他的“时间就是生命，无端空耗别人的时间，其实是无异于谋财害命的”之说，把浪费别人的时间喻为谋财害命，可见先生如何珍惜时间！

其实，凡是功成名就者，哪一个不是一门心思花时间刻苦钻研努力学习得来的？不仅如此，他们还是会利用时间，如先生说的会挤时间的智者，把零碎时间挤成雨后丛林里的蘑菇，任意采摘，把一分一秒串成珍珠项链，温润人生的短暂和时光的风。

法国作家巴尔扎克是一位特别珍惜时间的人，他为了不浪费每一秒，为自己列了一个时间表：从午夜到中午——工作，从中午到下午——校对，下午五点——用餐，五点半——休息。通过巴尔扎克列的时间表，可以看出他何等珍惜时间，因为会合理利用时间工作、学习，从而成为举世闻名的大作家。

时间不会停下来等我们，只有做智者、勤奋者，善于去争去挤，才会惊喜不断，反之，不努力争取捏挤的话，时间则逃之夭夭，了无踪迹。

当下，抱怨没有时间、特别忙似乎成了一些人的口头禅，成了他们的习惯，常常抱怨没有时间读书、没有时间学习、没有时间休息、没有时间陪父母、没有时间参加孩子的家长会等，殊不知，以没时间找借口为自己开脱，吃亏的是自己，白白把一些时间浪费了。

与其浪费时间抱怨，不如把抱怨的时间留给自己，脚踏实地，奋发向上，正视时间，充分运用时间，积极进取，与时间一并向前，激发的潜能必有神奇的力量，必有意想不到的成果，必会步入流光溢彩的花园。

时间也是有温度的，只要用心付出，就会得到相应的奖赏，不会把勤奋者与懒人相提并论，会如鲁迅先生说的一样："一天的时间给勤劳的人带来智慧与力量，给懒散的人只能留下一片悔恨。"为了不留遗憾，为了不后悔，为了避免"少壮不努力，老大徒伤悲"的怅然，不要在"明日复明日，明日何其多""莫等闲，白了少年头"的喟叹里浪费时间，虚度光阴。

美国著名科学家富兰克林曾说："你热爱生命吗？那么你就别浪费时

间，因为时间是组成生命的材料。”一个人生命的价值在于他为社会创造的价值，但这种创造的价值却是随时间的延续来实现的。试想，历史上那些为人类创造出许多物质财富和精神财富的科学巨匠、文学大师、艺术家，哪一个不是通过“惜时”让自己的人生丰盈而灵动的呢？

我省作家马步升被问及如何利用好时间读书时，曾直言不讳地说读书不需要时间，可以随时随地读。睡前可以读，醒后也可以读，就是上厕所也可以读。不仅如此，读的书也要选择自己喜欢的，要像吃喜欢的饭菜那样对待读书。

马步升老师所言的读书不需要时间与欧阳修作文的“三上法”（马上、枕上、厕上）、东汉董遇读书的“三余法”（冬余、夜余、雨余）异曲同工，都是如何利用时间、抓紧时间、挤时间读书写作，与囊萤映雪、闻鸡起舞、负薪挂角等无二致。

马老师对读书不需要时间深有体会。马老师自小喜欢读书，读能读的一切书籍，工作了更是不放过任何读书的时间，既扩大了知识面开了眼界，又为写作奠定了基础。后来，作为甘肃一位优秀高产的作家，他在三十多年的创作实践中，为读者奉献了一系列优秀的作品，前后共发表各种作品及学术论著约 400 万字，获国家及省市文学奖 10 多项，被国内评论界誉为西部散文、西部小说代表作家之一。

大河汤汤，四海远扬。流年似水，岁月蹉跎。充分利用时间，把海绵里的时间挤得精彩纷呈，把零碎时间利用得琳琅满目，成为会挤时间的人，成为自己心中的智者，乃人生之快事也、幸事也！

“日月逝矣，岁不我与。”做一个勤奋的智者，会挤时间的哲人，善于把握和利用时间，懂得分秒必争，成为驾驭时间的真正主人，让美好如一树的花开，以芬芳、以睿智丰盈和温润生命的繁花。

岁月的静美响在燕子与紫藤的檐下

二姨家的紫藤去年开的花儿，招惹了那条巷道里的路人，只要略微扬一下头，就会瞥见紫色的花儿。花香淡淡不说，单那像葡萄一样，一串串地吊在花架下的小样儿，就已经美到简单、自然。

本来，我家老爷子在小院里也务劳了一棵，就在堂屋门前，花儿只开过一次，但那时小儿尚在襁褓，每日里照顾不暇，哪有闲心注视过开得花儿如何。后来，由于堂屋翻新，移栽院中，没过多久便呜呼了。缘于喜爱，老爷子又移来一棵，还好，勉强存活了一年，又夭折了。惋惜之余，再度索来的一株幼苗，精心伺候，长得有点起色，花儿倒是不曾开过。

记得几年前，紫藤花开时，去瑞瑞的舅爷爷家转悠，他家的紫藤花，像吐鲁番葡萄沟里的葡萄，抬眼，能信手拈来，院中也是，上了楼，平台上更是一片。楼上楼下的紫藤花儿，令小院花香扑鼻。花架下的空地，置一桌子，放个藤椅，看书，品茗，何其惬意?

累了，闭眼躺着，花香沁心，蜂鸣嗡嗡，阳光也透过层层叠叠的花儿，洒落斑驳的花影。一眼就喜欢，何况近半小时的逗留呢?

此后，念念不忘，每每提及，也是满心向往，而瑞瑞的妈妈却表情淡淡，似乎有无紫藤无关紧要，似乎对那满院的紫色花串并不稀罕。

一晃，几年过去，二姨家不知何时也栽植了一棵紫藤，在小院里与枣树一起对望。只是，在姨夫的指间，紫藤窜高的速度惊人，最终给出一片阴凉。

冬天去二姨家的时候，看到干巴巴的紫藤保持着落叶前的模样，看不出有花苞，也摸不着等候春天的感觉。我说到紫藤，二姨说初夏时花开得多，一串一串的，像葡萄一样，花谢了，豆荚绿生生地吊着，也很好看。新搬来的邻居不知就里，问她为何不把豆角摘了？那么长的豆角，凉拌好吃。

二姨说的时候满眼笑意，对紫藤的喜欢不在我之下，而我也佩服二姨邻居的直言不讳，实在得如那些豆荚。

二姨说，秋后豆荚吊满架子，熟透了，爆响声吓人，嘭一下，花籽就都掉了一地。

二姨的话，让我联想到那一串串紫色的花儿，想到青青的豆荚，想到熟透的豆荚爆裂院中落了的花籽，便推算紫藤花开的时间。

等候里，紫藤花期如约而至，我就兴冲冲地去二姨家。二姨家不远，步行也就二十分钟，抄近道，经过一户户小院，那些爬满墙的藤萝、金银花、爬山虎，让生活的芬芳扑面。

隔墙看不到二姨家的紫藤花，因为姨夫把墙砌高了点儿，就是姨夫站在那里，看见的也是他的头。

一进小院，不需仰头，只要看见院中摔得晕晕乎乎的蜜蜂，斑驳的花影，就知道紫藤开得正好。

仰望，花儿淡淡的紫色，清新、淡雅，那个精致，不是槐花能比的。叶子不多，都是花儿，有的已经开到顶端，有的开到一半，整串花儿由大到小，挂着，疏密相间，有好几串开在一处，凑热闹一般，也有的独自开着，美得恰到好处。

我上楼，扶着楼梯栏杆，看着王子玩自拍，看着侄女和外甥女找角度拍照，再低头看看那些与我的脸颊几无距离的花儿，微微的香扑鼻，一切妙不可言。

紫藤架下，安放着一个躺椅，那是姨夫喝茶晒太阳的专座。

姨夫真会享受生活，八十岁的人了，虽然看上去清瘦，身子骨却极为硬朗，家里的花花草草，由着他和二姨侍候，楼上楼下，随处可见的花盆里除了花儿还有香菜、辣椒等。姨夫会把一些塑料容器做成花盆，种圣女果，藤蔓依着几根插在花盆里的木棍，开花，结出一簇簇红艳艳的圣女果。

咕咕，咕咕咕。两只灰色的鸽子在楼檐上很自在，咕咕叫着。鸽子是姨夫养的，而姨夫给鸽子做的“小屋”，与普通的鸽舍并无二致，只是鸽子生儿育女的窝，倒是精巧，麻布做的圆底，边沿用毛线、布头绕着，大小恰好两只鸽子一起孵卵。

简单的生活，生活的简单，在二姨家活色生香。紫藤、鸽子、盆花、圣女果，还有鸡笼的几只鸡，让姨夫和二姨忙活得不亦乐乎，自得其乐。

坐在院中，谢了的紫藤花儿不时簌簌而落，掉地呻吟的还有蜜蜂。大概，那一只只蜜蜂，因为贪恋花香，把持不住，才会那般狼狈。

唧，唧。屋檐下的叫声，引去我的目光。两个燕窝，在屋檐下，一个精巧，一个立在一根木条上，一只燕子在它的窝里唧唧叫着，那些画面似乎是纪录片里某个大院的镜头，又像一幅画，自然、真实。

我压根儿没有想到，紫藤花架下，还有燕子呢喃。

木条是姨夫钉上去的，因为燕子第一年把窝搭在烟筒上，等它们去南方过冬了，姨夫把窝拆掉了，在屋檐下钉了两拃长的木条，等燕子来年春天归来了再衔泥草做新窝。

其实，当初姨夫不知道燕子是否会再去他家，他只是想碰个运气。

姨夫的运气真好，五一前后，那两只燕子准时归来，在烟筒左右唧唧了几天，才在木条上安家。二姨说它们搭窝很快，每天飞来飞去的，衔着泥、草，一圈一圈，几天就搭出来了。二姨说燕子聪明，新窝搭好后晾了好几天后，等泥草都干了，才住了进去。

旁边的窝是小燕子的，第三年搭的。呵呵，分家而过，燕子跟我们人类一样也会另起炉灶。它们冬天飞走，五一前后飞来，六年了，不知道是不是原来的那些燕子。

燕子不怕我们，要么站在窝边，要么飞几下，要么窝着，只看得见头尾。

不大的院落，有鸽子、有燕子，还有几只鸡崽，很是热闹。或许姨夫不喜欢养鱼养狗，他喜欢飞的，他喜欢躺在紫藤架下，闻花香，听鸽子咕咕、燕子唧唧，间或伴着鸡崽们的吵闹，姨夫成了小城的陶渊明，成为城市的隐者，在喧闹中淡然，心远地自偏。

不仅如此，姨夫修篱不种菊种菜，把陶翁的惬意拓展得淋漓尽致。姨夫把离家门不足百米处垃圾占据的一块空地，开辟成菜地。

那年，他们用了两天的时间，把垃圾清理干净，而后一铁锹一铁锹地翻地，平整出一块菜地，种瓜得瓜，种豆得豆，施自家茅厕的粪肥，种出环保绿色蔬菜，不仅锻炼了身体，那些吃不完纷纷送人的蔬菜还丰富了自家及邻里的餐桌。

从春天开始到秋霜之前，菜地里的小葱、菠菜、芹菜等吃完后又撒了籽，一场雨或是浇水之后，嫩绿的芽苗窜出地皮，又绿了一地。豆角、茄子、辣椒、西红柿等一直到深秋才谢幕的蔬菜，更是羡煞路人。

此外，几垄玉米和洋芋，更是让二姨的邻居们羡慕眼馋，尤其是挖出带着泥土的洋芋，还有剥掉绿衣的玉米，都在他们的啧啧称赞里让他们尝鲜。至于香菜，更是惹人，又不占地方，随便在地垄上或是豆角架下撒籽，都可绿油油、香喷喷地漂浮在四邻的碗里……

姨夫和二姨成了种菜的行家里手，有些人会特意跑到姨夫跟前，与姨夫一起在紫藤下一边品茶，一边说侍弄菜地的事，惬意得不能用言语描述。

在楼上，姨夫和二姨的眼里满是灵动的一切。云彩、鸟鸣、炊烟、清风、霜雪、星光、麦地、草地，以及村里年复一年盛开的杏树，开得热闹的大豆（蚕豆）花，在冬油菜之后，尽显青春。那黑白的花儿，那蓝莹莹的胡麻花居然有海洋的感觉，风吹过来，蓝色浪花翻卷着唯美，与油菜花黄灿灿的热烈相比，多了静谧的沉稳和浪漫。

紫藤花儿静静地开，燕子轻轻地呢喃，风柔柔地吹。有时候，姨夫在躺椅上睡着了，他把一些力气花在菜地，然后在紫藤下歇息，不是陶翁胜似陶翁，在城市的熙攘里构筑了属于他们的悠然和淡泊。姨夫的心劲儿如紫藤豆荚爆裂的嘭嘭声，响在燕子呢喃的檐下……

穿越白月光的冷暖或夜晚的独白

一

我总是在夜里醒来，站在阳台上仰望或者发呆。王子和夫君在家时偶尔为之，独我一人时则成常态。

也不是我所有的仰望是望月，所有的发呆仅是发呆。

一帘弯月挂在梢头，一轮银盘让玉兔和桂影有时疏淡有时异常清晰。本是惯常所见，不上心的望望没什么，偏是那么上心仰望几分钟甚至更长，于是蔓延出淡淡的感伤，继而唏嘘不已。

风高之夜的仰望，会有些心灰意冷，夜晚虽不是乌漆麻黑的，但缺少那轮高悬在空淡然的晕黄，索然无味之余又很寡淡。

我的心思虽说有些矫情，可谁的一生没有这样的情绪呢？皆大欢喜后的怅然若失，心想事成后的一丝失落，苦苦追求后的淡淡失望，五味杂陈，皆在一颗心的宽窄之间。

记得有这样一行文字说："无论我们爬得多高或跌得多深，都逃不出自己的感觉。"细思，那一行文字所述不假，一切的确逃不出自己的感觉。人生百味，不管云卷云舒还是闲庭信步，不管悠然自得还是潸然泪下，哪一出不是自己的感觉呢？

一切都在生长，一切都生长得欢喜。

我喜欢深秋超过寒冬初春炎夏，当然最初还是喜欢冬天的，尤其喜欢雪花带来的惊喜和欢笑，然而随着年岁渐长，越来越喜欢深秋，因为天高云淡的悠远，层林尽染缤纷的田野，累累果实的丰硕，使心也轻盈。

如此，感觉不是生长，又是什么呢？

那些看不见摸不着的生长，犹如深秋铺陈的草色，苍黄的忧郁带着一丝温婉。秋雨潇潇或是淅淅沥沥，一层层的薄凉从肩头落到脚底，穿过肌肤乃至筋骨。因为那些凉那么凉，便会喟叹人生。于是，那么喜欢雨，微雨中不撑伞随心漫步，必须要一把伞时也不会推诿，满心欢喜伞下的世界，伞角落下的雨珠，欢快又瑟缩，毕竟是秋雨，不似春雨和夏雨，否则何有"一层秋雨一层凉"呢？

喜欢深秋，寒露过后的霜叶，铺开的红，犹如身在色达，看一眼便铭记一生。我没去过色达县，却被摄影家记录的那铺排的红色所诱，如同我虽没有"停车坐爱枫林晚"的经历而没有遇见枫林，但是一抹秋黄中那么一树坚硬的红拆穿目光，冲击我，让我喜欢那魅惑的色泽。

色达的红与枫叶的红，无物所及，便是感觉作怪。难道不是吗？从喜欢顺遂到爱一个人、爱一座城、爱读书、爱旅游、爱写作，还不是感觉的事，这人世间所有的所有皆在感觉中。

色达之后再无色达，我之后诚然再无我。

我在夜半的仰望，就是因为聚集四十几年的感觉，所以忧郁，所以茫然，给自己的情感找出路，也给感觉找出路，都是顺理成章的事。

我很矛盾，与很多人一样矛盾。用自己的矛伤自己的盾，不管内心如何坚强，潜隐的伤会结痂，即便如此，还是在自相矛盾中为自己的人生，为人世间的自己伤害自己，成全着自己。

面对月光，不知别人如何，我则总有着淡淡的忧伤，极浅又极淡，穿行在我的生活里，让我有时不知所措。

记得有时，月圆之夜的加班结束，会与夫君步行回家。我们在月夜的行走，像很少交集的铁轨，各自沿着各自的方向，没有牵手没有挽着臂膀，大多的时候默默着，想着各自的心事，有时也絮絮叨叨说家事，说所见所闻，安稳得自己都惊讶。

如此的行走一晃十九年。我最初没有想过步入婚姻，转眼十九年，生活的所有利器磨着生命携带的真与硬，不得不妥协或放弃，复制或抄袭上辈人的方式，一天天，一年年，仅有的能耐就是努力开心地做精彩的自己。

也不是每一天都开心，即便竭力开心，生活还是有虚伪与欺骗，设若没有，又如何矛盾呢？

在城市的月夜穿行，一些冰凉是无法拂去的。高楼大厦的灯火与街市霓虹灯的交相辉映和车水马龙，讥讽了乡村的清冷与老屋的黯然。那一瞬间，不知是我眷恋乡村还是喜欢市井的忙忙碌碌和张皇。

乡村的人想方设法拼命进城，乡村赋予的恬淡隐没在城市的繁华中，既热情又冷漠。可是，钢筋水泥的冰冷怎抵得过草木的温润？相反，一些城里人厌倦了繁华与喧嚣，归隐山林，修篱种菊，风声、虫鸣、琴瑟之音的美好淡然又安静，让灵魂安静归于淡泊。

进城的执念与返乡的归真，美好的事物都在各取所需。一切矛盾也不矛盾，每个人有每个人的生存之道，草木和动物也不落俗套。有些鸟儿宁愿在山林渴饮山泉，捡拾草籽或蚊虫，也不愿在笼子里随心随性啄食谷子，不愿啄取润嗓的冰糖果蔬而郁郁寡欢到死；有些鸟儿却喜欢被豢养、被束缚身心，成笼中鸟享受的惬意，失了自由也心甘情愿，歌唱依然婉转悦耳。

这就是自由的感觉与感觉的自由，纵横在野，所向披靡。

屋子都是在夜里窃窃私语的，它们怕吵醒白昼的梦，也怕多言招惹祸事。老屋与高楼遥相呼应的高低，乡村与城市各自边缘化的本真，也没有不堪，而是喜欢越来越喜欢，喜欢越来越浓重。

回归自然，推崇极简的生活模式，或许就是本真的自然法则。

我不知道我和我的生活属于创造、放任和吸引三条定律中的哪一条，依旧在俗世过着俗人的日子，避免不了假装的优雅。

雅是能装的吗？是能学到的吗？我会质问自己，但是质问的结果就是雅与我无关。我喜欢咖啡的醇香，所以坐在土炕上吃了煮洋芋和馓子，饭后会冲一包咖啡，也会坐在田野里喝保温杯装的咖啡，甚至在某个会场的角落喝咖啡，盛咖啡的是陪我走过很多地方的廉价旅行杯。我和我的旅行杯会一一笑纳频频射来的惊讶，或怀疑、或不屑一顾的眼神，我一点也没有不知所措或是不好意思，依然我行我素，依旧以这样的行径出现在一些场合。

我毫不忌讳言及小时候生活在乡下的种种，正因为那些快乐又烦恼甚至恼怒的童年时光，我才有那么多的回忆，才会让文字徜徉在我的生活，让我引以为荣。如若当初父母顾得上我，就没有我在姥姥家珍贵生活的七年，说不定我会在涂脂抹粉、家长里短的琐碎中被打造成十足的家庭妇女，我何来夜半的仰望，何来读书后的怅然，何来的勇气一个人在一些陌生的城市驻足停留？

所以，我有时候走路健步如飞，吃饭狼吞虎咽，有时候也偶尔那么恬静上几日，在沉默的安静里读书、学二胡，似乎脱胎换骨了一般。其实，很希望能脱胎换骨成满身书香的女子，即使不会凌波微步，也不至于连走带跑，且不说顾盼生情，至少不是东张西望的。

我没有想过明眸皓齿、字字珠玑，因为那些于我根本不可能。我最大的优点是能认识到自己并把自己个儿的斤两掂量得很准，在生活中充当什么角色不用谁点拨，活得踏实认真！

二

因为是俗人，所以对衣食住行还是有所求的，没有想过山珍海味，但粗茶淡饭之余会自己煎牛排慰藉味蕾，安抚对高端生活最基本的向往。与高档衣物这辈子无缘也不渴求，倒是坦然自己拥有的奢侈，那些奢侈是光影与文字赋予的，再多的钱也买不到。“珠光宝气”这样的词在我的生活里从来没有出现过，我唯一值得炫耀的是戴在脖颈的一枚沙漠玛瑙石，那是在阿拉善遇见后拥有了便一直不曾离身的饰物，还有一个银手镯也不曾取下，喜欢并爱着……

我就这样在俗世里俗气地活着，写的很多文字也无法逃脱俗气，但是喜欢的执念会感动自己，也会宽恕自己言行偶尔地附庸风雅不着调而引起一片哗然的尴尬。

关于俗气，作家钱锺书在他的《不怕俗，就怕装》一文开头就写：“找遍了化学书，在炭气、氧气以至于氯气之外，你看不到俗气的。这是比任何气体更稀淡、更微茫，超出于五官感觉之上的一种气体，只有在文艺里和社交里才能碰见。文艺里和社交里还有许多旁的气也是化学所不谈的，例如寒酸气、泥土气。”

读罢那些文字，暗自庆幸自己的俗气。因为不怕俗，就怕装，所以我不装，装不像还辛苦，还不如俗气一些。

我俗气地成长着，一个十年，两个十年，三个十年，第四个十年也匆匆而去，没有雅只有俗。人一辈子有几个十年啊？本以为十年很长，但是还没明白就把几个十年拱手送了日月，俗是难免的。

有时候很讨厌自己的虚荣、虚伪和贪心。写出一篇文章就想着发表，想着被大家喜欢，如愿后沾沾自喜，没有审视自己的写作水平是否有进步，是否在玩修辞游戏，只是沉湎于当前，根本没有想着静心读书，好好提高自己。而说自己没有读书倒是有些妄自菲薄，书还是在读，但读得不认真、不仔细，读过就读过了，没有汲取，没有思考，甚至泛泛而读，有些敷衍自己。

如此，会痛、会感伤、会失落、会惆怅。敷衍自己就是对自己最大的伤害，尽管在四个十年里伤害自己较多，有些伤害是无法避免的，有些则是身不由己。

存在的是合理的。所以，我的矛盾、我的敷衍、我的感觉、我的真与俗气的生活，存在得合理。对凡事做不到守黑知白，又优柔寡断，又有点儿矫情，自然而然，便会找寻自己、找寻乡村，还有月光。

城市与乡村的月光哪一个更白呢?

关于白月光的由来，大概是才女张爱玲在她的《红玫瑰与白玫瑰》中写的一段文字中延伸来的吧："也许每一个男子全都有过这样的两个女人，至少两个。娶了红玫瑰，久而久之，红的变成了墙上的一抹蚊子血，白的还是'床前明月光'；娶了白玫瑰，白的便是衣服上沾的一粒饭黏子，红的却是心口上一颗朱砂痣。"

那些文字简短，读罢却一声叹息，唯有一声叹息。

或许，张爱玲笔下的红玫瑰与白玫瑰，将爱情比喻得宛在月光中，而白月光却是硬伤。轰轰烈烈与低到尘埃里盛开的一朵花和那些白月光，多年后在张信哲的歌声里温婉又凄婉："白月光心里的某个地方，那么亮却那么冰凉，每个人都有一段悲伤，想隐藏却欲盖弥彰；白月光照天涯的两端，在心上却不在身旁，擦不干你当时的泪光，路太长追不回原谅；你是我不能言说的伤，想遗忘又忍不住回想……"

我是不是某个人的红玫瑰或白玫瑰，没有必要细究，不管红的还是白的，还算是一朵玫瑰，只是那白月光停驻于心，虽与爱情无关，却又绕指在生活中。

四个十年倏然而过，不敢回首，白发硬又有力度的所向披靡与黑发的绵软无力，令中年的白月光集结于心，在趋于沉稳的生命里，月色泛白的时日越来越多，且所想亦多。安于现状与破茧而出的蠢蠢欲动，与不惑矛盾的无懈可击，不忍放弃却心有不甘，在镀了明晃晃的冷暖月光下冰凉或慌乱，全然得不知所措。

于是，白月光在心里的某个地方隐藏了一些不能言说的伤，那些伤纵横在生活中，有时令我心沟壑万千，有时如冰草锯齿样锋芒毕露，在割裂感和疼痛感中听见自己的人生在碎裂。

其实，没有那么不堪，也没有那么不堪重负，只是无法左右一些忧伤。

或许人的天性如此，我在乡村时，被村人说一些风凉话后恨不得即刻离开，到了不得不离开时却恋恋不舍。进了城便丢了乡，被城市的琳琅满目和繁华热闹禁锢，之后的回乡是礼节性的，被亲人们倒茶端饭服侍，满心欢喜。时日已久的矛盾，那些矛盾的心理在寡淡的失落感中频频出现。

我生活的小城与乡村一样，锁不住我的双脚和目光，读书是从村小到县城又到市里，然后又去省城，与很多人相似。省城虽说是大城市，站在街头就有眩晕感和窒息感，车流人流让我在三九天都感觉汗津津的，目睹省城的人行色匆匆，举着饼子拿着水在街头边走边吃边喝，便没来由地矛盾，感觉自己的小城好。因为一直以来，父母不许我在街头吃东西，因为吃喝是私人化的，不许我便也不做，因而习惯了。在大庭广众之下吃东西不雅的训诫至今还被遵循，偶尔也会破例。这就是我的矛盾，俗人还要活得大雅的矛盾。

小城自有小城的精妙，悠悠的生活，数着慢时光过往人生。大家都觉人生短暂，只要有一碗饭吃即可，何必让自己身心疲惫。我被这些态度所挟持，这样想着就没有留在省城或是去别的城市。话说回来，大学也没谈恋爱，没有舍不得的男朋友，别说舍不得的，连舍得的都没有，哪个城市还会对我有吸引力呢？如此没有上进心，只有返回小城。

二十年前有一个铁饭碗并不难，端了铁饭碗没多久，又不安心小城的慢，又想着离开，只是比离开乡村要矛盾。想着离开的矛盾就有些后悔当初的返回，后悔之下心里谋划着要离开，计划去某个城市，计划换个职业，计划让青春多彩。然而，计划了一年又一年，三两年之后就没了离开的愿望，那些愿望都被磨平了，只好安于现状，按部就班。但是一些失落越埋越深，不敢去看也不敢揭，在酷似快乐又满足的每一天中混混沌沌。

三

青葱时光很吝啬，没有留下多少伤情的回忆。

原本想独身的念头在亲友的轮番轰炸下荡然无存，就是遭遇的爱情，没有轰轰烈烈、没有死去活来、没有惊天动地、没有生离死别，也与电视剧或是书中的大相径庭，平淡又平淡甚至索然无味，在人老祖辈就是那样过的传统思想下耳濡目染中接受并顺应，想远嫁他乡的念头日趋消弭，屈服在俗世，结婚生子。

曾经，那般想扔了铁饭碗，顺遂内心走走看看流浪上几年的想法更是了无踪迹，不安的心渐渐在矛盾中安静，安静得有时候自己都不相信。

电影《前任 3：再见前任》的经典台词的确很经典：两个人散了是因为一个以为不会走，一个以为会挽留；借着吵架的梗，撒着思念的娇。

那么多人珍视的初恋，我有吗？我无从搜寻，既没有我暗恋的，也没有暗恋我的，彼此深深相恋的更无一人。或许就那么随便地喜欢了一下便敷衍了一闪而过的初恋，而那么喜欢军人想成为军嫂的想法仅是想法，这辈子只有艳羡。

尘世中的喜欢也是有度的，过犹不及，只能喜欢，也没有勇敢地去寻觅或是争取，最终落了个军人情结，也就随遇而安，不强求了。谁都明白，有些东西是强求不来的。

如此顺遂的四个十年，顺遂得一晃而过，回首一地鸡毛，什么都没有，没有丁点印迹可觅，便会百无聊赖甚至怅然，只好回乡下走走看看，玄乎一点儿说疗伤也是可以的。

我会找个借口，一个人坐在田埂上或是草垛前，听鸟鸣、看树影、看田野，感伤奔袭而来，以一声叹息结束。

望着父亲长眠的坟茔，心疼难免。二十年了，父亲坟头的草黄了绿，绿了又枯，用黄和绿磨着我的目光和情感。那会儿不懂得珍惜，加之相处的时间也就那么几年，父爱的温暖只能从回忆中感知，但是没了父亲之后没了依靠，没有底气的自卑一直在，时至今日还不曾消弭，听到别人喊“爸爸”，心会抽搐，被蜜蜂蜇了一般。或许是缺失什么在意什么的缘故，我的表情很不自然，一腔难言的情，唯有在父亲坟前或是在村庄里排解而慰藉对父亲的想念。

父亲在老家什么都没有，老家和村庄属于叔叔们，哪怕自留地和一棵树都是叔叔们的。父亲当兵离开村子复员上班之后，老家已经彻底把父亲遗忘了，他在那里除了兄弟之情，一根筷子都没有，但是父亲不在乎，他依旧痴迷着生养他的村庄，病重离开人世前的日子，执意回村，回到生养他的地方。我们没有遮风挡雨的地方，没有自己的一个屋檐可供避雨，叔叔们家的炕再温热，屋檐再宽，还是心存遗憾。父亲的灵魂执拗地回到了村子，自此，我与村子是无法割裂的，回去的次数越来越多。只是，想着有一间属于我们自己的院落，但那是妄想，只能想想，不愿提，提了估计会伤及叔叔们，他们也有自己的难处，各有各的家，各有难念的经。还好，我不曾被叔叔婶婶们嫌弃过，被堂哥堂嫂们热情相待，不曾有过嫌隙……

我在村外游走的时间稍长，嫂子们就会打电话寻找，为了不让亲人们瞎猜，所以我笑容满面地回去，与他们谈笑风生，话家常扯东扯西，把心藏起来。

老家叔婶的日子比之那些年好过几倍，没有交公粮，相反还有种地补贴款，加之暖棚养殖，堂哥堂弟们又在拉萨打工，一年下来收入不错，日子过得红红火火。再无没钱买化肥、买种子的难处，家电一应俱全，隔三岔五吃火锅，饮料和啤酒整箱整箱地买，雨天与村人 AA 制喝酒吃肉打牌，闹腾一番。酒是东家的，吃食分摊，要么是鸡蛋，要么是只鸡，喝得高兴了，又计划吃羊平伙，甚至全村一起 AA 制，动静极大。村子不大，十来户人家，我们李家是大户，三分之二的村民是我们家族的（我一个外人在此说我们李家有些牵强附会，但的确是我们李家），只要叔叔或是堂兄提议，一般没有异议，热热闹闹地 AA 制。

日子简单又美好，当然还夹杂着矛盾，那些几年化不开或是隔夜就消失殆尽的矛盾，让村子在生长。

在老家住上一日或是数日，竟然很奢侈。夜深人静，大家都睡去后，心情寡淡。一席月光洒进屋内，炕上便铺了明晃晃的白，于是，土炕上的记忆一一涌来。

在姥姥家的那盘土炕上我出生、长大，也在那盘土炕上听姥姥讲述她所有的事，有听着听着就睡着了的歉意，也有听到天亮还不合眼的兴奋，也是在那盘土炕上眼睁睁地看着姥姥闭上双眼溘然长逝，那盘土炕成了我永远的痛。

土炕在继续守望的岁月中矛盾着，床进村入户，但是与土炕相安无事，各自安好。

看似那些村庄细微的日子与我无关，实则息息相关。我目睹着村庄的改变，村庄看着我渐渐成熟，揪心的无关与有关，压缩着我的俗气。

村庄在重复日子，田野也在重复着，鸡鸣狗叫的一年又一年中村子似乎越活越年轻，老屋老了便结束守望，红墙绿瓦和小洋楼主宰了村子的气度与容颜。那些瓦上的霜雪及瓦楞里的草籽还有可供回忆的一席之地，留在角落里、屋瓦上的青苔年复一年，绿了又黄，黄了又绿，其中的无奈只有老屋知晓。因身份置换进城的村人，使老屋空落落的，草儿鸟雀称霸的天下，又是一番情景。

因此哀叹人的伟大，人迹所至，那些纷繁和荒芜纷纷让步，尽人踩踏不成气候，在人气中俯首称臣。所以说日子是烟熏火燎的，否则死气沉沉或是土气沉沉了无生机。

金木水火土相生相克的生存法则，在果蔬谷物中无不尽显，此物与彼物的相生相克，延展到心情，再延伸到一切，依旧相生相克。月光亦是。白月光便是相克的产物。

爱与恨也是相生相克的，城市与乡村的白月光，彼此也会纠结吧？这些我无从得知。

如此，又想归隐到乡村，在诸多难处中偃旗息鼓，灵魂歇息或栖息之地没有那样容易。

看到过一个视频，极具讽刺意味，大概意思是早知如此就该原地等待。

我茫然，我也明白，城乡之间个体的努力与追求，从一出一进到退守中，来去匆匆的惆怅，不离不弃或是相守到老很难。

久而久之，生命中的那些白月光穿城而过，留下依稀的影，让人心疼，让人恋恋不舍便成习惯，让有生即有死、有爱即有恨的相生相克延续再延续……

盛开的寂寞

我们必须要寂寞和孤独，如果没有寂寞，那么会在喧嚣和纷繁中迷失自己，怅然之余无所事事甚至颓废。

我们需要寂寞来滋养灵魂和心灵，当然那不是绝对的寂寞，是相对而言并必须要寂寞，而且要寂寞得高调，寂寞得心安理得。

著名作家毕淑敏对于寂寞有她的见解，她说："常常是心中很寂寞，说出口的却是词不达意的热闹。这个世界已经够喧哗的了，现在需要的只是静静面对内心。"

静静地面对内心？毕淑敏有这样的见地，说明她对寂寞是深有体会的，而那些体会便是她在创作过程中得来的。

寂寞宛如田野里的秋花，在安静里释放本真的美。

甘于寂寞的日子是一幅画，渲染出不同凡响的恢宏。因为寂寞而寂寞，因为寂寞而幸福。寂寞与幸福，相互依存，在生命的调色板上，最浓墨重彩的一笔，就是那些分外的寂寞。

被誉为中国第一位田园诗人的陶渊明，他用一生诠释了寂寞，他用那么多的佳作歌颂了寂寞。他是安于寂寞的诗人，因为耐得住寂寞而成就了自己，人生在行吟的洒脱里执着，便也拥有了至上的幸福。

起初我读到鲁迅先生的散文诗，我想先生是不会有寂寞之词的，然而不是。先生的《野草》是唯一一本散文诗集，也是先生最薄、最美、再版最多、富有哲理的一本散文诗集。集子里的二十多篇散文诗对社会、人生批判反思，一定程度反映了先生当时迷茫的心境，想必先生在那些日子里是寂寞的。

先生也会寂寞？分外地寂寞？那又是何等的寂寞呢？一颗心分外地寂寞又是怎样的寂寞呢？不知先生在他的那些散文诗里是以何种心境让“我的心分外地寂寞”，从而使得《野草》成了中国散文诗的代表作的。

人的一生长长短短，没有谁会没有寂寞，也没有谁会一直寂寞。然而，在喧嚣里升华寂寞，在寂寞里安于平静，在寂寞里梳理自我，在寂寞里沉淀，在寂寞里缅怀……所有的寂寞是一种财富，因为拥有寂寞而人生圆满。

没有寂寞，难得寂寞的人生何尝不是缺憾的呢？

寂寞，犹如一枚闪闪发亮的纽扣，恰如其分地盘在生命的衣装上，完美地隐藏在感观里。

坐在寂寞之夜，逐字逐句重读先生的《野草》，在先生曾言说的“分外地寂寞”里用心感知寂寞。其实，无须刻意，间或落寞中的烦乱和失意，都会令心寂寞，那些文字铺陈的一切又让寂寞格外寂寞。

期间是寂寞的，死心塌地地改稿，拒绝了一些朋友的邀约，谢绝了一些酷似值得也必需的应酬，还让紧绷的心弦在寂寞里松弛有度。如此，寂寞便是有成就感的，是有分量的，是有价值的。

如此，也就抵制住了诱惑，心安是真正意义上的安心。一门心思专注地执着于全神贯注的态度与安于寂寞的精神，也是自我的修炼。

如此，若在任何时候做到甘于寂寞、安于寂寞，寂寞到一种境界，那么做任何事就会盆满钵满。因为寂寞是成功之路的基石，寂寞会盛开幸福的花朵。

寂寞也是一条路上满地的花香，沿着寂寞之路锲而不舍地前行，朝着自己的目标去超越，去攀登，去闯，满满的收获何尝不是人生最大的幸福呢?

成功是寂寞怒放的花朵，唯有耐得住寂寞的人，才能坚守，才能成功，才能攫取成果。

或许在有些人看来，寂寞是矫情，是做作。实不知寂寞也是一种难得的状态，也是一笔难得的财富。

有人想刻意寂寞，想领略一下寂寞的滋味，可是因为浮躁，因为难以静心，难得拥有寂寞，拥有寂寞也不是简单的事。

我们力求做一个简单的人，有一份心仪的工作，看一处向往的风景，享受一方阳光和一缕微风，读一本翻不透的书，喝一杯醇香的咖啡，品一盅恬淡的茶，饮一杯甘洌的酒，听一首百听不厌的曲子，有几位生死之交的朋友等，这些都有寂寞相伴的。

岁月的繁花盛开在旷野，甘于寂寞而又用心感知其中的寂寞，以一颗寂寞心圈住自己的天地，春华秋实不是神话。于我而言，读书、拍照、写文、学二胡、独行，也是守得住寂寞的一种呈现。因为一些寂寞，幸福也常相伴。有寂寞、沉入寂寞，不贪心、不做作，凸显自我之外的自我，心是丰盈的，灵魂也是素白的。

当然，并不是所有的寂寞都是有成就感的，还有一些所谓的寂寞在消磨心情或心智，唯有甩开所谓的寂寞，懂得寂寞，让内心在一份宁静里丰盈，让真正的寂寞成为人生中必不可少的财富，让寂寞衍生出豁达，让日子因寂寞而简单、朴素、幸福、平淡，闪现寂然的灵光。思想才得以升华。

人生的繁华与寂寞、幸福与寂寞，都会升华一个人的格局和胸怀。

人的一生总有一段甘于寂寞的日子，当我们真正懂得了什么是寂寞，而寂寞已成为生命的一部分，人生由此走向成熟。

寂寞如影随形，耐得住的寂寞，其实，是一种心境、一种智慧、一种精神内涵。

才女张爱玲说："我们都是寂寞惯了的人。"细想，我也算是寂寞惯了的那些人之一，在耐得住的寂寞里蓄积力量，让寂寞开出成功之花。

张爱玲的寂寞之花千姿百态香满园，她的思想灵魂的风骨，在寂寞情怀里舒朗寂寞，滋润寂寞。

其实，不是说仅作家诗人要有寂寞心，要有寂寞的修炼期。艺术家、书画家、工程师、服装设计师等专业人士，就是理发店的美发师、杂货店的小老板、修鞋匠、街头推小车卖煎饼果子的人、扫街道的环卫工等各行各业的人，都有或长或短，或深或浅的孤独与寂寞，不沉下心静心去做事，怎会出彩，怎会在浮躁中成功？

坚韧与执着是修行，寂寞也是修行。人一辈子的修行，一辈子的修炼，是在有方向感的生命与灵魂的高度融合里完美升华，圆满一次次寂寞豁达的修炼。让我们蓄积所有的力量，认真领略一次次寂寞盛开的芬芳，奠定一次次成功的寂寞基石。

总有一点终身的隐痛

记得在《那一点隐痛却是致命的》文章里说过："人生总是有一点隐痛，但那一点隐痛却是致命的。"

由于喜欢，下载，反复研读。

如作者所写，人生的确有许多痛，有些可以言说，有些却不可，那些不可，就是隐痛。不管埋在心底，还是与友倾诉，痛是真切的。

与隐痛一样，人生也有许多尴尬。我也不例外，有许多隐痛，有许多尴尬。

一直以来，我很努力，不管对待何事，尽心竭力。满以为不错，沾沾自喜，回报即便不是盆满钵满，却也幸福。

简单的幸福里，突然发觉有些力不从心，有丝丝的痛，抓不着、摸不清，若有若无的惶恐，不深不浅，备受折磨。

工作之余，读点儿书，看部电影，听喜欢的音乐，写一些文字，和家人一起散步。那样的日子，看似简单，然而一点儿也不简单，能做好简单的事，本身就不简单，何况让一颗心在浮躁里寻求简单。

凡事不是那么简单，有人误解，有人批驳，实属情理之中。一天，一年，日子就这样糊里糊涂地打发。在隐痛里，心也老了，人到中年的悲怆，全在对镜审视的迷茫里展现，刀削斧砍的皱纹，蕴含了诸多欢笑与惆怅，删繁就简的心情，捏造了多少个晨昏？

疲惫显而易见，在偶尔的浑浑噩噩里，总会想起已故的亲人。那些至爱的人，前前后后，撒手而去，当初何等心痛，无法比喻。日子不会终老，但那些痛可以飘飞。扪心自问，父亲病逝，姥姥离去，心痛至心碎的感觉，在混混沌沌间，慢慢消失，没了最初切肤的疼。

多少事，多少爱，多少恨，多少惆怅，都会甩在身后，心又会被新的欢笑和烦忧占据。一颗心如此浮躁，又如何走漫漫长路。

于我而言，致命的痛，不是亲人的别离，而是自身无法克服的浮躁。我为强压浮躁，看了几次电视，被《星光大道》里的安与骑兵组合吸引。安与骑兵是安静与骑兵的情侣组合，郎才女貌，配合默契，更叫绝的是他俩的歌具有“东方民谣”的美誉。一首《三年三天》，很棒。似曾相识的那个女子，在山里等了三年又三天，依旧在等……

《三年三天》的等候，会有怎样的结局？与我无关的故事，又成为我的隐痛。

有多少隐痛，让我窒息？有多少隐痛，不可说？

焦灼，不安，烦躁，忙碌里忽然发现，与有些同道中人，早已陌路许久，只是没有发觉。这也该是隐痛。

今日，又跑书店买木心先生的《文学回忆录》，依旧一场空。书店老板笑笑，说纯文学的书，几乎没人看，要从网上买。有些懊恼，出了书店，恰逢许久不见之友，也算是文友，她容光焕发，只是表情惊讶，扫视我良久，说我不要拼命，现状如此就够了。我浅笑，对于文学，何谈拼命？即使拼命，也是不够的。我无言，想起一句话：“话，有时候不需要太多，一句，半句，就够了。”

原来，她已丢弃文学很久，原来，我们已经有些陌生。之后，她说有事匆匆而去，夫君说她是与麻将有事。

细想，也没什么，我们都是凡人，各自奔忙，养家糊口也好，执着于事业的追求也罢，总是有所取舍。我的一些举止，难免会引人注目，但骨子里渗透的愚笨，即便被注目又如何？

其实，做到引人注目不难，有些举动无意里就让人注目了。我在平常，低头疾走，或快行，或狂奔，或挪步，会引起行人一闪而过的惊讶。

十几年前，托朋友办事，他要借近三万元。迫于无奈，四方奔走，虽然没有凑够，因为有求于他，还是竭尽全力凑了两万四千元，解他的燃眉之急，而他也写了借条，立了字据，几年转眼过去，我所托之事没办成，还钱之事，诚惶诚恐地问了几次，不是不接电话，就是推托，时至今日，钱也没还，借条也找不见了。那时，几百块的工资，一下那么多钱打了水漂，只好借东家还西家，拆东墙补西墙，在煎熬里还清了那些钱，至今想起，还心有余悸。那可是认识了十几年的朋友啊，关系很不错的朋友。

一位朋友说，结束友情的方式有许多种，最彻底的一种是借钱不还。

多么精妙的结论！

另一位朋友也说：“若非肝胆相照，若非至亲至熟，朋友之间还是不要借钱，君子之交淡如水，太多纠葛就会使友情变质，钱是生活之本，大家都没有了就不行，我以为借钱太悬，要讨回的时候比借钱更麻烦和忐忑，若是至亲至爱，宁可给一些更来得痛快！”

朋友所言很中肯，值得借鉴。记得父亲生前的一句话：“一分钱逼死英雄汉！可是，若非万般无奈，怎肯向别人开口借钱？”

一分钱逼死英雄汉！原来，英雄也有隐痛和尴尬。

我乃凡人，自然有隐痛，可是我的隐痛，在于自身。很想假装，然而，假装也是一种境界，我做不到时时刻刻的假装，自然也无境界！因为：我不会内心痛苦却装得兴高采烈，明明感觉眉毛都笑，还要装得平静。

有个文友知晓此状后说："如一棵树，剪枝修杈，或许会挺拔为栋梁之材；但出自天然的，或许会成为艺术品，会成为一道亮丽的风景线，所以，保持自然，无须刻意。"

文友说的道理我很明白，只是那样的风景，须是有心人才能观赏，即便不赏心悦目，但起码耳目一新。可惜，大家都忙，哪有闲心欣赏呢？

烦乱里渐渐知晓，有些人，经过一些时日的相处，谎言与真实，很是明了，但无须拆穿，权当看戏，即使不鼓掌，浅笑也行。有些事，无须解释，也不必解释。即使没有气度，沉默地为自己打开一扇窗，也是修炼自己。

其实，这是尴尬！

原来，对于隐痛，朋友看得通达、透彻。而我，却在一些所谓的尴尬里，白白消磨了许多时光。

天空落下一滴眼泪

很平常的一天，接到一个那么普通的电话，惊悉堂姨走了，我感到突然，对于生死变得木然。

已经三四年没见堂姨了，但没有忘记她的模样。还记得她说一些事时哭诉得断断续续，她的断断续续带着“见到”我的吃惊，哭诉是对自己命运坎坷的叫屈。

堂姨是个苦命的人。记得姥姥曾经说过，堂姨的妈妈离婚后走了，堂姥爷再婚，娶的堂姥姥很年轻，所以与堂姨的关系一般般。堂姨很多时候在我姥姥家吃饭，我姥姥把她也当作自己的闺女看待，她有话都跟我姥姥说。

大概我不到一岁时，有一段日子姥姥特别忙，地里的活撵着姥姥顾不上我，所以堂姨抱我的时间多一些，我饿哭了堂姨哄我，给我喂泡馍，我不吃而哭喊时，她会一边抱着我抖来抖去地哄我，一边等姥姥从地里回家。

姥姥说堂姨大概十五岁时，感冒发烧严重，迷迷糊糊地躺了一天。

堂姥爷不去请大夫也不带堂姨去看病，姥姥旁敲侧击跟堂姥爷说了几次也白搭，姥姥又不能带堂姨去看病，只好眼睁睁地看着堂姨受罪。等堂姨能从炕上爬起来时，她的视力却受损严重，尽管姥姥很努力，私下里凭自己的能力偷偷地请大夫看了，药也吃了一些，堂姨的一只眼睛还是因失明而塌陷了，另一只眼睛只能看到一点点。

后来，堂姥爷与堂姥姥要把堂姨许配给山里人，堂姨不同意也没办法，在姥姥跟前哭了很多次，最后还是嫁给了堂姨夫。

堂姨夫的个头矮，视力也有问题，但还是比堂姨强一点儿。婚后，堂姨生了表弟和表妹，摸摸索索过着我不愿听到的生活。

姥姥放心不下，总会隔上几个月或是一年去看看，给堂姨带些衣服，给那个家庭带去一点儿光明。姥姥说如果堂姥爷对堂姨上点儿心，堂姨的眼睛不会看不见的。

姥姥从来不为收集亲友的旧衣衫而感到不好意思，一样的庄稼人，姥姥没有能力帮堂姨，只有凭着她的人缘，收集旧衣服给堂姨一家人。为了不让那些旧衣服被一家人“挥霍”，姥姥会依照季节送过去或是捎过去，三四件不等。那样一直坚持了十几年，直到表弟和表妹长大成人。

因为抱过我，所以堂姨对我的感情也特殊一点儿，因此那一家人与我也亲一些。

表弟要成家了，是换亲。

在表弟结婚当天，堂姨听到我的声音后哭了，哭得高兴，也哭得让我直抹眼泪。她的苦，都在她干瘪的眼窝里……

细细回味了一下，我在四十岁那年的夏天见的堂姨。她一声高来一声低，循着我说话的声音说话，我看着很是心酸。

或许我是心狠的人，我没有为堂姨的离世特别难过，只是很遗憾没有去看看她。因为没有听到她生病，如果知道她突然走了，我会去看一眼，哪怕一眼。

堂姨走了，很突然地走了，她是否解脱了呢？她心里的凄苦，她这辈子所受的磨难，她几十年里没有光明的日子，她没有几个贴心人可言说痛苦与磨难的悲伤，她的一切彻底画上了句号。她双眼一闭，与摸摸索索过的六十几年的日子断得彻底，断得一了百了。堂姨与堂姨夫磕磕绊绊过了一辈子，日子好过了，不再吃不饱穿不暖，表弟也孝顺，孙女孙子都上学了，她可以享点儿福了的时候，谁知突然走了。

表弟在拉萨打工，我不知道他得知堂姨离世的消息有多煎熬，有多心急如焚，有多吃惊？

世事无常，在这个人世间，走的人走了，来的人来了。这些年，我送走一些至爱的人，心近乎麻木。

我记录着自己的心情："心在微凉之后沉寂，继而微凉，即使笑靥如花，微凉也一直持续，直到有那么一天，我也悄然离世……"

于是，《菊次郎的夏天》越听越忧伤，父亲离去的最后一滴眼泪，砸在我的心上，这么多年了，依然很疼。

我不知如何释然亲情，我一天疯疯癫癫的，疯着抢时间看景，疯着写稿子，疯着自恋。虽然我在将来的有一天也会离去，可是想到离世的场景，我不为自己难过，我会为我的亲友、我的王子难过…… 这样一想，心会很疼，会感伤，会难过。

阴阳之间，生与死两个字，轻描淡写地就把人世间分隔了，轻描淡写地就让行走与长眠泾渭分明。

这些年来，父亲会入梦，姥姥会入梦，他们有时只是看着我，不说半个字，然后任凭我怎么哭喊都不回头；有时，他们会与我有说有笑，重演记忆里的片段，然而也就一会会儿便转眼不见了。我的心还是会疼，还是在泪湿枕边中醒来。

万物生长，有死有生，生命脆如一张纸。死生先后，为何难过伤心，活在伤痛里的不是阳间的人呢？

表哥儿子大学毕业，准备报名参加特岗考试，孰料意外出事，命丧祁连。离家时鲜活的帅小伙，只是一些日子，一把骨灰颠覆了他的美好，留给爱他的所有人伤痛。那是怎样的疼啊？

五月的艳阳天里，大婶婶永远离开了，三十多年了，她忍受病痛的折磨和煎熬，近两年，一周三次的透析，在坚持中绝望着，她的离开是解脱。

大婶婶离开前的几日，那么多人寸步不离守候着她，她应该不会感到委屈。我们都觉得大婶婶解脱了，不再受罪了，但还是难免难过。

去年五月，大妈也是胃癌晚期治愈无果，比村里九十多岁的老太太先行一步离世，在阴阳的吹吹打打和超度的念经声中送走了她。

这个夏天，这个被欢喜和愁怨浇灌的夏天，心事越来越稠密，越来越认真，我的忧伤也漫过童年的记忆，漫过村庄，漫过光阴，开始让一个雨天惆怅又惆怅。

我以为我很超脱，事实上我还是俗人一个，放不下爱恨，放不下情缘。

死很简单，活着却不易。我没有足够的勇气把爱说给路人，也没有勇气隔着时光重复。

所以，我不介意把故事转述给一个陌生人，你的我的花的雨的风的，伤悲从来不敷衍我，一次又一次，让我习惯生死，让我习惯别离。

青涩时光里的故事或其他

在喧嚣中穿行，久了会倦怠，会沉闷，有那么一个地方，能释放心情，释放本心，即便是片刻的安坐，也是极为享受的。

急行的脚步，总会停留片刻，那时，心会变得安静，至少是暂时的安静。看到一棵树，就想依靠，就想坐在树下，打开心窗。一方阳光，渗透的温暖，漾开在周身，在一成不变的静坐里，成一个画面，供心灵赏心悦目，很是惬意。

瞬间，心情会反转，个中滋味，在端坐中安静，隐约。回忆漫过来，时光在穿梭。

心灵总是在找寻出口，在每天忙碌的红绿灯下，在斑马线上来来回回地穿行，在忙碌中等候，在等候中忙碌。

天气突变，有云起雨落之意，绕行，穿过夜市回家，步调极慢，又四目张望，慢悠悠的状态，似无家可归又似心事重重。

夜市有一位卖拖把的中年男人，半秃顶，后脑勺的头发一拃长。风来，吹乱他的头发，紧接着雨点儿一点一点滴落。他笑对他的摊点的邻居说不要收摊，没有雨，雨让风带走了。他的普通话很标准，声音很有磁性，像《远方的家》及更多纪录片中解说员的声音，很好听也耐听。他说话的同时，手里举着半瓶水，拧盖，仰头喝了一口。他把水倒在掌心，而后拍打在那一拃长的头发上，并从上衣兜内掏出一把小梳子，开始很认真地梳那仅有几绺的一拃长的头发。

一下，一下，只四下他就把头发梳得顺溜又服帖，之后，他拿起话筒向过往行人介绍他的拖把。

雨点儿渐渐稠密，但没有细密成行，行人依旧很多，一些人的一把把伞如花朵盛开了。我没有伞，我也不需要伞，我喜欢在微雨中漫步，所以站在一角，听他好听的声音，又见他很在意形象，即使叫卖拖把，也要保持风度。

在一位注意形象的卖拖把的中年男人面前，我有点儿羞愧。想到自己头发凌乱不堪，鞋上满是灰尘，汗颜自己作为中年妇女的邋遢。

我站了差不多半小时，他一直陶醉在他的介绍里。我对他的敬佩油然而生，他鼓舞了我，用他的好听的声音，用他梳头发的认真，用他介绍拖把的重复。所以，转身离开，听着他的声音没几步被嘈杂所覆盖，我下定决心：今后，一定也要注意自己的形象，尽量装扮一下，可别在镜头下看去尚可，事实上土气沉沉……

有一天下雨，淅沥，气温较低，冷飕飕的。上夜班，我习惯白天溜达，所以那天撑伞慢行，看到路边台阶上的一位老大娘，头戴围巾，盖不住的白发，刀刻的皱纹，很是沧桑。她的眼前是绿绿的菠菜和香菜，放在塑料袋上，在雨中等候买主。

我路过，多看了几眼。之后，又返回，全部买下了那几把菠菜和香菜。

我没有讨价还价，她自然高兴，一边从衣兜里掏出一个塑料袋给我装，一边说都是她自己种的，吃不完，卖了换个零花钱。我嗯嗯答应，见她收拾好（其实也没什么可收拾的，除了叠好装菜的塑料袋），起身，望望天，佝偻着腰，举着一把黑伞，慢慢走了。

我看到她装菜的塑料袋，就知道她不是街头卖菜的小贩，因为她的塑料袋揉皱了，是用过的。所以我相信她说的。

有些日子，心里空落落的，心情混混沌沌的复杂，无以言表。工作之余读书、写字、拉二胡，加之琐事繁多，有些力不从心，心情时而舒朗，时而倦怠。

日子本来就是在简单与繁忙中交替的，每个人的故事很相似，每个人都沉湎于忙碌的生活，有时忙得甚至无暇顾及心情。

“楂梨橘柚，各有其美。”心情也有相对性，没有一直的快乐，亦没有长久的落寞，只是在特定的某个节点，一首怀旧的歌，一幅唯美的照片，一条看似无关痛痒的短信，还有不经意跳入眼帘的文字，甚至一个特别熟悉的场景，或是他人的对白等，都会打翻心情的五味瓶，万千滋味，心有不甘或是些许遗憾乃至窃喜，皆在重复，皆在交替。

在那样的心情下，会翻往事和故人，许多的故人中想到的一位，算算相识也有二十年了，一直断断续续地联系着。他是天水人，比我大一岁，大学毕业分配到州上的某一事业单位，因为业务往来多一些，自然熟悉了，时日一长成为朋友。

记得有段日子，他几乎每天都来我单位，往往一坐就是一上午或一下午，事情办完了也不走，快下班了才离开。那样大概二十多天，感到有些发慌，但不好言明，如此持续了一个月，我便当着好几个人的面，说给他介绍个对象。他也没有拒绝，点头答应。恰好，有位我没有见过的女子，她的姐姐与我认识，托我介绍个对象，我想到每天找我让我发慌的朋友，没有深入了解就牵线搭桥，让他们见面。

那次的相见让我吃惊不小，他更不例外。

说实话，我这一辈子也忘不掉那次做红娘的经历，由于我的疏忽，由于我的错，他们之间的差距大得仿佛我是脑残一样。见面后，那女子说的第一句话让我差点把喝了还没咽下的一口水喷出来，呛得直咳嗽，惊得自己不知说什么好，尴尬地恨不得钻到桌底下，那个难受劲儿没法形容，如坐针毡。我最后实在难堪，借口有事逃离，留下他们三人吃饭。后来，我的朋友不管谁听后都说我太过分，没脑子，乱点鸳鸯谱。我红着脸讪笑。

结果不用猜也知道，他们无缘，别说二次相见。

此后的一段日子，他不来找我了，自然没有联系。再到后来，他结婚了，有了孩子，孩子上小学了，我们才有往来。后来的后来，他成了我们家的朋友。当然，与我的联系少点儿，与夫君多有联系。

想想，年轻时，真可笑！

青涩的时光，在梳理心情时也总结自己，总结自己的一些习惯，发觉席地而坐似乎成了习惯，尤其对着镜头，尤其想要造作一番，尤其心情低落，尤其孤单落寞，尤其学会了点滴的温柔，尤其无所事事，尤其回忆或想念，尤其累得不想挪步，尤其为了等候……

孤单与寂寞飞扬时，歌声有时也很残忍，就那么两句歌词，伤感漫过来席卷了心情，让我忍不住泪流满面。

这一生，我们每个人都是各自的过客，在一些人的到来或离去中延续着缘分，并抒写着关于缘分的故事。

一切都在慢慢改变，没有改变的或许只是那片云，那缕风，那方阳光，那些月夜，那湛蓝的天空，以及一成不变开满田野的蒲公英。

还有那首我喜欢了二十几年的《把悲伤留给自己》和《朋友，别哭》，让我感动，让我心动，让我念念不忘的歌，尽管我的容颜已改，但最初的感动依旧，像有些温柔，淡淡地来，淡淡地去，虽有些心疼，可是犹如黑色的幽默，一直挂在心的檐下，很久很久！

一球千羽的蒲公英，随风，让一些停留有了生命的痕迹。